白骑士

华山
青春手账

潘懿敏 著

上海文艺出版社

我们出发……

60s
70s
80s
90s

徐惠　　赵译　　翔香　　汤加

华山医院

李圣青队长

邓智江副队长　　沈永东

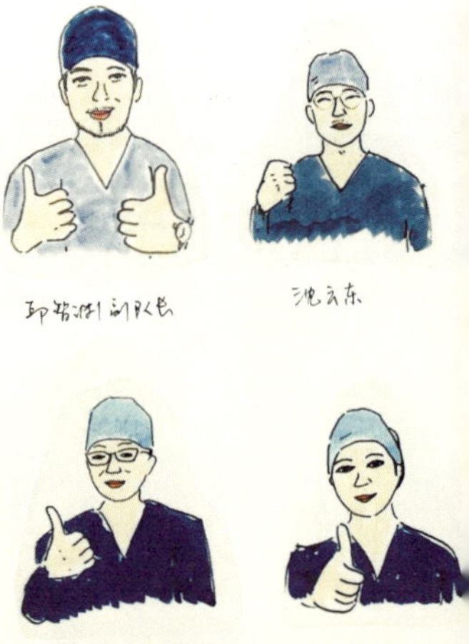

袁燕

张静

Mar. 30th, 2020

「背上乾坤」

MARCH 06
三月十三
FRIDAY
2020/03/06

昨天还在和方舱里的小伙伴抽空聊天，聊到防护服与其他战袍，今天就看到了这篇温暖的推送。"防护服灵魂画手"小z医生，用红、黑、蓝三色记号笔，画出了缤纷的世界，让人颇为治愈。想起了昨天那张

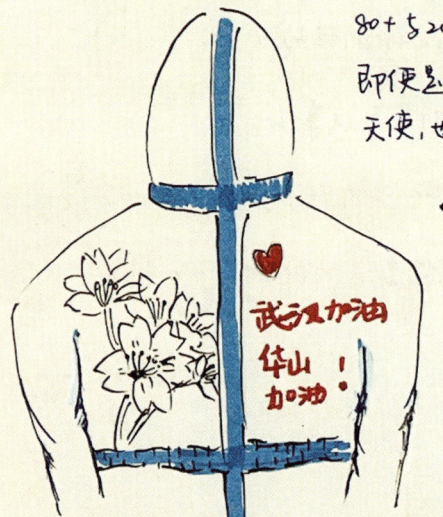

80+与20+共赏夕阳的照片，即便是背影，因为是白衣天使，也闪着迷人的光。

我想……

如果让我来画，大概会画成左图这般模样罢：

武汉的樱花大抵绽放了罢，而同仁们凯归其底指日可待。

"小z医生"：小z医生为消化科张红阳医生

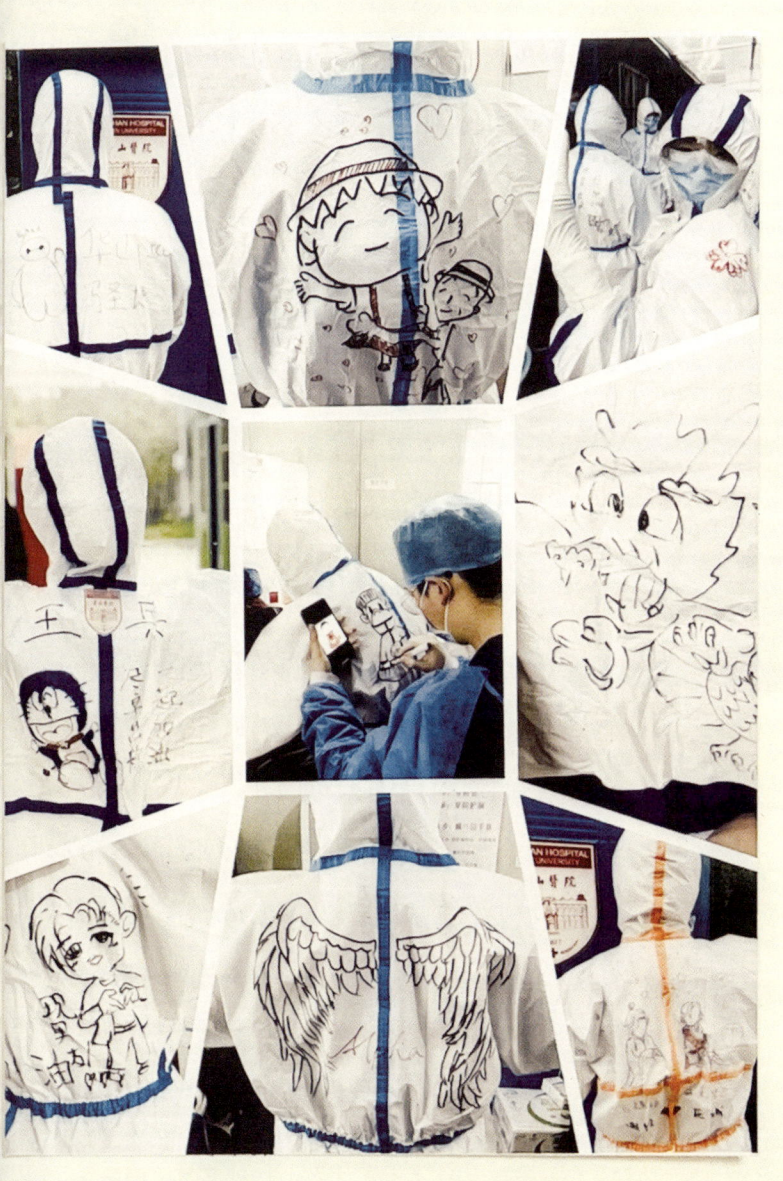

记录一下出征前几天 Dr. 陈，一位十分敬重的前辈在朋友圈发的希波克拉底誓言，他是这次队伍中第一个报名的。而今这段誓言读，依然无比感动：

作为一名医疗工作者，我正式宣誓：

把我的一生奉献给人类；

我将首先考虑病人的健康和幸福；

我将尊重病人的自主权和尊严；

我要保持对人类生命的最大尊重；

我不会考虑病人的年龄、疾病或残疾、信条、民族起源、性别、国籍、政治信仰、种族、性取向、社会地位、或任何其他因素；

我将保守病人的秘密，即使病人已经死亡；

我将用良知和尊严，按照良好的医疗规范来践行我

我将继承医学职业以荣誉和崇高的传统

我将给予我的老师同事和学生应有的尊重和感激之

我将分享我的医学知识，造福患者和推动医疗进

"Dr 陈"：DR.陈系感染科陈澍教授

这张
团中央的画图
看见感动.
仿佛看到了
那些逆行的
同仁.

2020"我的战疫"阅读马拉松线上快闪赛
展示阅读与思考的力量

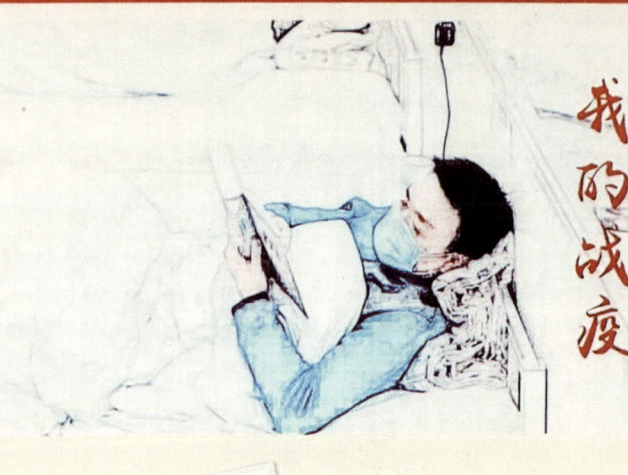

参加了上图、湖北图书馆、武汉图书馆手联合举办的线上"阅读马拉松"。没想到每次最后一刻揭晓的比赛书目竟是防疫手册,原来没有仔细读的书,借此机会做着笔记认真读完。果然网络被疫情读者彻底挤爆。

MARCH
05

二月十二
THURSDAY

2020/03/05

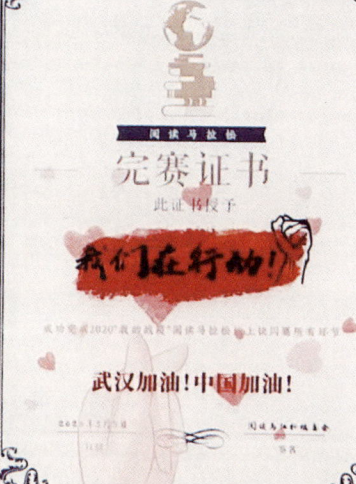

依然是很值得的夜晚

一座城

一个医院

一群人的一段生活

推荐序

2020年伊始，一场突如其来的疫情改变了全国乃至全球的平静，所有人都被卷入了新冠疫情之中。医务工作者此时站到了事件的中心，复旦附属华山医院也受到了大家的关注。虽然因为这场战役，我和很多人有了深入的沟通，特别是与和我们一起抗击疫情的广大民众，我们每天都在一起战斗。当前疫情得到了初步的控制，生活最终会回归常态。但是，疫情中每个人的付出都应该被记录，在这里，我推荐大家了解更多的"华山故事"。

每一次疫情都是一场大考，在这一次的新冠疫情爆发后，华山全员上阵，第一时间冲上前线，有人奔赴武汉，有人守卫家园。在这一次疫情中，特别让我们对年轻的一代，有了非常深刻的印象，在这次前往支援武汉的队伍中，我们有近一半都是90后的医生和护士，他们以自己的行动证明了他们已经逐渐成为了医院乃至这个社会的中坚力量。作为站在他们身边的前浪，我们为他们感

到自豪，他们有担当也有朝气，有一股劲，想向世界证明，世界终将是年轻人的。

年轻人的故事，由同为后浪的年轻人来讲述，自然更为深情，我们院办小潘给我呈现了一份图文并茂的记录，让我重温了那一段难忘的时光，在医院的各个角落，在武汉和上海，都有人在默默行动着。亲历者的声音真实而有力，我们感染科李发红医生的歌声萦绕耳边："在那瞬间／只有唯一的可能／坚持到底／为最后胜利"。

目前，中国已经赢得了这场新冠疫情大役的初步胜利，但疫情的发展仍然扑朔迷离，国际局势依然严峻，人类与疾病抗争的战役亦远没有结束。记下故事，是为了更好地出发。

国家传染病医学中心主任

复旦大学附属华山医院感染科主任

张文宏

目 录

Part 1　不一样的春节

002　突然不见的假期
006　微信群里的 20200202

Part 2　从汶川到方舱

018　从中德医院到武汉方舱
024　与子同袍，背上乾坤

Part 3　新冠时期的爱情

030　情人节的糖，甜到流泪
042　华山"著名"夫妇

Part 4　光谷的阳光与泪光

050　我知道你们是谁，我知道你们为了谁
060　没有什么铜墙铁壁，只是没有时间沉溺悲伤
078　包治百病
084　家乡的味道
090　逆行的 90 后
096　美人亦是女战士

Part 5 上海守护者

104 　同事相见不相识
116 　医院里的歌声
132 　他们,也一直都在
136 　用阅读致敬战疫

Part 6 盼君归来,春暖花开

146 　同一片草坪,欢迎回家

Part 7 后疫情时代

160 　仍然奋战的同仁们
164 　疫情给我们的生活带来了什么

附录

173 　张爸语录
185 　抗疫书单:那些关于疾病、灾难、人性的书

210 　**后记**

Part 1

不一样的春节 福

突然不见的

假期 二

2020年的春节真的非常的特别，从来都未想过一个没有出去玩的春节，假期都不复存在。临近放假之前，局势突然就变得非常的不同，媒体开始聚焦一场声势浩大的传染病，口罩与酒精几乎是一天之间成为了断货王，供不应求，令人焦虑。

第一批医疗队是大年三十派出的，我们医院的4位医生护士和上海其他医院的同道们，匆匆放下年夜饭的碗筷，奔赴武汉市的金银潭医院。大年初二，在沪的医护人员纷纷收到了通知，结束假期，回到医院工作。新闻里的感染数字还在不断的向上攀升，局势亦越来越紧张。距离首次出征仅仅过了一个星期，大年初六，第二批医疗队便再度出发，继续支援武汉。与传统的支援项目不一样，这次只有出发的日期，却没有预定归来的日期，这个戛然而止的假期，连接着未知的未来。

在这个特殊的春节期间，我们医院的张爸也

一夜之间就火遍了整个网络，默默粉了数年的主任，专业的态度、幽默的语言风格一如往昔，终于成了全国人民的宝藏专家，他的语录成了大家加班时互相鼓励的。在这场战役中，他与他的科室都是最忙碌的，偶尔几次在医院见到他，都是行色匆匆，极为低调地在病房、公卫中心和会场之间游走。听他的学生讲，从大年三十开始，他们和张爸都没有停下来过，尽管忙碌的黑夜给了他更加浓重的黑眼圈，而几乎每一篇感染科公众号的科普文，都是他亲自操刀修改完成的。这大概就是一个厉害的人的过人之处罢，比我们优秀的人，往往比我们更加努力。

微信群里的 💬

20200202

人们对于对偶总有一种谜之迷恋，例如成双成对、花好月圆。

2020年2月2日因此成为了"黄道吉日"，以轴对称的形式，展现了时光的魔力，恰逢春节假期，甚至成为了许多新人的领证日。而因为突如其来的疫情，整个城市的街道空空荡荡，民政局也关张谢客。

然而，无论如何，生活总要继续。

于是，大家约定在2月2日20点20分，共同拍一张此时此刻的照片，纪念这个特别的日子。

吃过晚饭以后，医院的微信群变得格外热闹，大部分人在家中"闷死病毒"，一些在病房值班，还有几位则在上海的公共卫生中心、武汉的金银潭医院与武汉三院全副武装。

群里晒的最多的是晚餐，因为减少出门，医务人员难得有了与家人为伴、亲自下厨的机会，虽然都是简单的食材，肉多菜少，但餐桌

上透露出温暖的光芒；不少同仁家的小朋友都出了镜，或享用美食，或认真写画，表达在家抗疫的决心。后来，急诊值班的同仁晒出了夜晚的急诊大门，夜色中的招牌发出红色的光芒，见字如面，似乎也着急着让这场"战疫"早点结束，病房里的护士也和患者一同为自由呼吸而相互鼓劲；再后来，金银潭的护士长姐姐晒出了他们在病房门口的加油照片，防护服模糊了高矮胖瘦的界限，因为全副武装，每个人都成了圆滚滚的"大白"与"大黄"，但那份坚定感却透过镜头与屏幕传递了出来，整个群里顿时变成刷屏大拇指的海洋。

此刻窗外的街道是空旷而安静的，而人类对于疾病无声的抗争却蔓延在空气中。刚刚读完桑塔格《疾病的隐喻》，里面有一句话让我印象深刻："疾病常常被描绘为对社会的入侵，而减少已患之疾病所带来的死亡威胁的种种努力则被称作战斗、抗争和战争。"我们正处于新冠来袭的

这场灾难与战役之中,前方的战士正在冲锋陷阵,后方的我们亦在守望相助。

写于庚子年正月初九深夜

病房里的患者
也成了"战友"

第一批除夕赶往
武汉的运行
防护服里看
胖瘦都模糊
界限，但那
坚定感却能
屏幕传递出

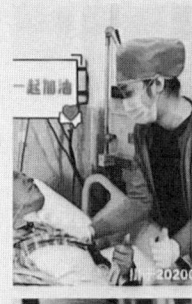

急诊与发热
也是医院24小时
辛苦的人们
正在夜里与日
守护着我们

别人的 20200202 2020

FEBRUARY
02
正月初九
SUNDAY
2020/02/02

传说中的 #20200202#
一个特别的日子 ♥.
上海的街头虽若"空城",
却仍然有些爱通过网络在传递
……

工会发起了一个"2020020220 20"的照片分享活动.
记录各自在2.2晚上20:20一瞬间的遭遇.
在群里蹲了一夜,原本以为大家的"宅家"生活大同小异.
结果颇为感慨.

Part 2

从汶川到方舱

"方舱医院"并非此次的首创,

在2008年的汶川,华山的前辈们便曾建造起"中德野战医院",每年的紧急救援队演练也会不断操练平地搭帐篷的流程,支起帐篷便是支撑起生命的希望。

听闻武昌方舱很快就会接收患者。

方舱或将成为方舟。

P.S. 这次出征的队员，除了医护人员，还由一支后勤保障的队伍在背后默默支持着，他们也是了不起的逆行者，救护车的方向盘，也是飞向希望的方舟。

▷ 武昌方舱 @ 洪山体育馆

从中德医院到
武汉方舱

2月4日，五十多位紧急救援队的华山人驰援武汉，入驻了由洪山体育馆改建的武昌方舱，这是最先开放的方舱医院，体育馆门口的帐篷让我们感到格外亲切。几乎每年，医院的紧急救援队都会到全国各地进行救援演练，平地搭帐篷、建医院，去年的红十字演练，正是在浙江的一个消防队体育场里进行的，亲身感受过这种大家一起支起帐篷的感觉，就像平地支撑起希望。

虽然方舱医院的救治方式在这次疫情中属于首创，但因地制宜的紧急救援与野战医院于华山人而言却十分熟悉。在2008年的汶川，也是这支紧急救援的队伍，在都江堰花了52小时，搭建了一所帐篷医院，因为野战医院的物资和专家为德国红十字会提供，因而该医院命名为"中德野战医院"。而在2020年的武汉，方舱医院外的帐篷犹在，救援队员们的精神犹在，甚至还有几个救援队员，两次均冲锋在前线。

2008年因为尘土飞扬，医护人员在奔忙中

难以辨认彼此的面容,而在方舱,因为防控防护的要求,大家各自在严严实实的防护服中艰辛工作,同样相见不相认,但共同战斗的战友之情,却在救援中愈发坚实。

每一个奔赴野战医院或方舱医院的医务人员,都经过了年复一年的训练,心中亦情怀满溢。出征的那天,看到了一位年轻队员的朋友圈,虽寥寥数语,却依然湿了眼眶:

"这两天总是伴着央视直播的火神山、雷神山的建设画面睡觉。武汉,此时此刻,不是一座城市在战斗。"

"爱要怎么说出口,谁知道有多少愁。我爱热干面,我爱三鲜豆皮,我爱这英雄的城市。"

守望相助,在不同的城市,在同一个医院、同一支队伍,就这样传承着……

与子
同袍　昔上
　　　乾坤

三纵队，就是我们医院派到武昌方舱的那支队伍，五十多人，一夜成军，第二天大家穿着整齐划一的救援队制服奔赴武汉。这支队伍的大部分成员都属于医院的国家紧急医疗救援队，有着比较丰富的救援经验，不少人在以前去过汶川。队伍一夜之间集结，在医院并不鲜见，但服装竟也如此整齐划一，更让我们惊叹于后勤的快速响应。

后来和方舱的小伙伴聊天，才知道了其中的小故事：当时他们出发时穿的制服是CDC（上海疾病预防控制中心）临时征集调配而来的，很多是疾控工作人员当场脱下的，甚至还带着他们身上的余温。出发时颇为匆忙，有不少队员后来在自己衣服的口袋里摸到了手写小纸条，上面写着简单的祝福语，虽然小小的纸条只能承载寥寥数语，纸上所写的祝福，也多是我们平时最常见的语句，类似"武汉加油、凯旋归来"之类的，但这人与人之间力量与温度的传递，因为有了衣服

与语言的媒介，大抵也成了"与子同袍"最好的诠释方式。

因为心系武汉，所以援鄂队员的一举一动，包括他们的服装都时时牵动着我们的心弦，除了"与子同袍"的佳话，光谷院区隔离服上的那些语句和涂鸦也备受瞩目。多才多艺的医生护士，是被工作耽误的灵魂画手，终于有了用武之地。消化科的张医生，正是这样一位防护服绘画小能手。洁白的防护服，因为有了画笔的点缀，不再一成不变的苍白，让同事还有患者看着心情都明媚了起来，他的作品非常治愈也很多元，有春意盎然的花朵，有小天使的翅膀，也有一些卡通形象，像小丸子、史努比、哆啦A梦等等，虽然大多是简笔画，但依然成为了ICU病区中的背上彩虹，驱散了阴影，带来了色彩。

Part 3

新冠时期的爱情

情人节的糖♡

甜到流泪

对很多情侣而言，今年的情人节，成为了"小别胜新婚"的异地考验，医务人员组成的cp情侣里，更是离多聚少，很多前辈和小伙伴们都一方驻守前线，另一方在后方守护医院与家庭。而在这样的特殊时期，竟然还在情人节嗑到了远距离甜分超标的糖。小张同学和小杨同学都是九五后，也是新婚燕尔的护士小夫妻，他们还在恋爱时，我曾经在护理学院看到过两个人你侬我侬的甜蜜爱情。今年冬天，两位小情侣不约而同向新冠病毒发出了"请战书"，虽然没有携手同行，但依然带着深深的羁绊与爱，投入了这场战役之中。读到他们情人节在武汉与上海向千里之外的对方写下的情书，觉得颇为浪漫，甚至有些泪目，仿佛又回到了"车马很慢"的时代，人与人的感情通过信件得以维系。征得了小张同学的授权，把他们通信的原文也摘录在这里。

亲：

哈哈，你好哇～

没想到吧,我们俩准备了这么长时间,最后还是我入选去了ICU。谁让你还没过十四天的隔离期呢,不过你别泄气,我去了ICU,会把你的那份努力也带上的!

现在是凌晨3点42分,我在被窝里偷偷地给你写这封信。嗯……或者你叫它情书也可以,我这辈子都还没写过情书呢。

你看到这封信的时候,我可能已经在去武汉的路上了。嗯……也有可能我待会儿就会忍不住给你了。

看你忙碌地给我准备东西,我也很感动。你都快把这个家给我搬走了,我们两个行李箱都不够用的啦。你不用太担心我,还有很多老师一起去ICU,我会向他们多多请教的。

我会照顾好自己,你也要好好照顾自己,好好吃饭、好好睡觉、好好工作。我们一起把疫情扛过去。等我们把疫情打败了,我们就一起去吃火锅、吃烤肉、吃烧烤、吃"掌柜的菜"。还要

去泡汤、去迪士尼、去看《姜子牙》。亲,其实我接到电话的时候,我是很激动的。同时也很担心,因为我没去过ICU,我不知道我要面对的到底是什么。我也会害怕,可是当我想到:第一批招募,你就报名了,你还说"如果一定要有人付出的话,那为什么不能是我"……想到这些的时候,我就不害怕了。

你真的不要担心我,你自己工作得晚了,也不要总是吃泡面,要好好地照顾自己。我们俩都还没分开这么久过,情人节也不能一起过了!不过这次情人节,我们互相送对方的礼物一定是平安和健康。你也要好好做好隔离,好好地保护自己。

你等我,我也等你!

2020年2月9日

凌晨4:03

媛佳:

你的信我看到了,其实我一直没有勇气点开

来看。我们都做好了时刻出发的准备,但是我听到你接电话的时候我还是很担心你,甚至你上车前告诉我,你给我留了一封信,我都没有点开的勇气。

我送你走的时候我一直笑着和你拍照,你在车上的时候我给你敬礼,因为我觉得你真的是英雄,你很棒的。可是车子要开的时候,我也不敢看着你。直到你车子已经开了,我才开始喊:"我等你回来!"

有一句话说:真正的勇士,敢于面对惨淡的人生。但是我觉得那种要去面对一种未知的危险,却还义无反顾地一往无前才是真的勇士。我一直觉得你还是一个小孩子,出发的时候他们都在说你是英雄,可是他们不知道他们口中的英雄只有22岁,她有时候还照顾不好自己。

当你说你也要报名驰援武汉的时候,我真的没想到。我记得你说:"我不想建功立业的事,但是我也想做点什么。"我们俩结婚半年了,这

半年我一直告诉自己,我不想富贵一生,但是我一定要在危险的时候陪着你,照顾好你,可是这次你只能自己去面对。你也要好好吃饭,做好防护。

等你回来的时候,我会带你去吃你所有想吃的东西,陪你唱歌,陪你去泡汤。你回来以后,咱们家就没有男女平等这个说法了,你就是咱家的老大。什么都是我做,你就吃喝玩乐,但是你一定要平平安安地回来才行!

杨媛佳,我真的三生有幸娶你为妻。陪你开心,陪你闹,真的很开心!你真的让我找到了我生命的所有意义。

杨媛佳,我做好羊肉汤等你回来,一定平安回来!你爱喝的羊肉汤,也在为热干面加油!

2020 年 2 月 11 日

17∶03

90后的爱情

虽然是在特殊时期，

竟然还是被喂了足足的"狗粮"。

两个原来在护理学院见过的小情侣，

都是我们医院刚入职一年多的小护士，从校园到职场

一路都是顶顶顺风顺水的孩子，

却让我们看到了95后别样的浪漫与担当。

读到了赴前线的"情信"，

感觉重新认识了他们。摘一段作为纪念

_____2___月__14__日 星期_五_

你还说"如果一定要有人站出来，那为什么不能是我"...我说

爱是年轻战场上的勇气，

没有刻意回避担心与不舍，

但很真诚也很感人. 金句一定要Mark一

| 我 | 做 | 好 | 羊 | 肉 | 汤 | 等 | 你 | 回 | 家 |.

一直觉得你还是
个小孩子，出发以为
他们都在逗你玩
辨，可是他们不
逗他们的心中以类确实有
一岁，她也有时候还
照顾不好自己。

得你说：
我不想建功立业啦，
只是我也想做点什么！

越朴实的话语，
读来却越来越
难忍泪水

↪ 这页正好是代表爱情的教堂

| 爱 | 喝 | 的 | 羊 | 肉 | 汤 | , |

| 也 | 在 | 为 | 热 | 干 | 面 | 加 | 油 | ! |

华山"著名"夫妇

HSCP

每次一有出征,一有大事,方知华山内部的爱侣有多么无处不在。未必每段爱情都浪漫、甜腻,爱在华山的故事有些并不轰烈,但是也细水长流,足以打动人心。

在华山有一对著名的伉俪,第一次听说他们,是在同事的桌上看到了他们的结婚照,因为新郎陈裕春是救援队的兄弟,这些年来一次次出征——菲律宾、尼泊尔,都有他的身影,而新娘朱祯菁,就是华山著名的家属——因为他们结婚以后,每次丈夫远赴异国他乡救灾,医院都会去慰问她。而这一次援鄂,妻子早早报名,丈夫却因为工作忙碌,遗憾错过了十分"紧俏"的名额,这一次他终于成为了她的家属。

因为夫妇两人都是护士,虽然非常恩爱,也有了可爱的女儿,但是因为工作性质,两人在一起的时间其实非常有限,之前先生虽然多次外出援灾,但都比较"短平快",而这次援鄂,则不知归期,也是两人分开最久的一次。

Gli occhi sono lo specchio dell'anima.
The eyes are the window of the soul.
Die Augen sind der Spiegel der Seele.
Los ojos son el espejo del alma.

WILLIAM SHAKESPEARE (N.190)

FEBRUARY
14
正月廿一「情人节」
FRIDAY
2020/02/14

幸好口罩遮不住心灵的窗户.
那些分居两地的情侣们,
今天会不会想念很比?

"想你的时候我会偷偷流眼泪,但绝不会让你看见,怕你担心。就连送别的时候,我也一直在强颜欢笑,怕自己没绷住,怕亲爱的你也和我一样……以前我总把最坏的情绪给你,你总说我凶,说我不讲理,在这和你说一声抱歉,感谢你对我的包容和爱护。"

情人节她写给丈夫的信,我们读来都泪眼婆娑,寥寥数语,都是热腾腾的生活,作为护士,他们一直在护佑别人的生命,为其他家庭带去幸福,属于自己小家的爱,只能默默地藏起,把思念写在纸上。

除了这对著名的伉俪,其实华山还有很多这样的一线夫妇。平时我们常常把更多的目光聚焦于医护身上,很少认识后勤保障部那些默默无闻的工程师们。直到在支援方舱的名单里看到"沈全斌"这个名字,才知道无论是以前的汶川还是现在的武汉,他都在那里。他是前线改造空调系统的水电大师,他的妻子则是后方第一线急诊科

护士，这对宝藏伉俪没有甜言蜜语，只是各自在岗位上默默努力。问起丈夫在前方的英雄事迹，妻子只是感慨了一下，时光如梭，转眼已是12年。她表达得颇为稀松平常，但仍让人听得心头一酸。

另一对伉俪在华山也极为出名，丈夫是此次援鄂整个华山四个纵队的总队长，马昕副院长，他的太太是我们医院某外科的著名专家。在出征前不久。我们听到了马院甜蜜的"吐槽"：当他在自己的家庭微信群中告知了自己随时要开拔武汉的消息，结果只收到了他太太极为冷静的一个"哦"字，然后询问还需要为行李准备和操办什么。虽然没有甜言蜜语和依依不舍，但语气里的那种信任感大抵就是一语千言、相濡以沫的境界吧。也许没有拥抱吻别，但因为救援和其他紧急任务，这些年，这些华山夫妻，早已习惯这样的分别，每一次离开，都是出征，身为家人，便在后方默默支持，等待另一半凯旋。

Part 4

光谷的阳光与泪光

我知道你们是谁，
　　我知道你们为了谁

祖海的那首《为了谁》，在这次特殊的抗疫时期，再一次唱遍了大街小巷，其中一句"我不知道你是谁，我却知道你为了谁"更是频繁刷屏朋友圈。在大部分人的眼中，穿戴上了防护服、隔离衣，全副武装了帽子、口罩与护目镜，每位医务人员真正做到了统一形象，甚至成为了抽象的英雄与战士的群体符号。而身为这些英雄们的同事与朋友，面对出征，感受则更为复杂。

2月8日，元宵，这个并没有任何节日气息的春节落下帷幕，却以今夜无眠作为句点。晚上，一纸通知，意味着我们医院将要在短短一夜，集结一支两百多人规模的队伍奔赴武汉前线。一边准备相关文书，一边被各个热闹非凡的微信群吸引了注意力。刚读完通知没多久，第一版的医生名单便出炉了，一个多小时后，近两百人的护士姐妹们的名单与信息表单也呼之欲出，速度堪比"双十一"秒杀，一群落选的年轻医生和护士在微信群里哀叹，与没有抢到口红色号时颇为相似。

然后很快就开始张罗各种物资，宝宝剃头的工具、换洗内衣、泡腾片、暖宝宝、姜茶，恨不得搬空整个24小时便利店，依依不舍，恨不得取而代之。

2月9日，当两百多号人在华山花园草坪上举行出征仪式，穿着黑色羽绒服的队员们，俨然《庆余年》中的黑骑，黑压压的一众人马，化身力量与精锐。看着他们整齐地宣誓，笑着勇往直前，作为旁观的人，眼泪却止不住地流了下来。在我的眼里，他们是一支队伍，但他们更是我身边的师长、同事与朋友，一个个极有辨识度的个体，哪怕剪去了长发，戴着厚厚的口罩与护目镜，我依然知道他们是谁。在这支队伍里，有经常被麻烦请教专业问题却和蔼可亲的大专家，也有一起在舞蹈房练形体、在舞台上秀旗袍的前辈，更多的，则是平时一起玩闹的同龄人，甚至有不少年轻到刚来医院一两年因而只是萍水相逢的小朋友们。他们来自不同的科室，彼此之间可能在此之前并不熟悉，因为这次任务的特殊性，队员被要求到

达驻地后各自在房间休息,为了安全不能互相串门,也许一起奋战良久,脱下防护服,依然是"不识庐山真面目"的战友。但他们,共同组成了四纵队的血脉,为了武汉,奔赴同一个方向。

我想,并不是每一个冲锋陷阵热血报名的队员在出发时都完全做好了准备,很多刚二十出头的妹妹,平时是被家人和朋友宠在手心里的宝贝与小公主,一夜之间,便告别父母,背上行囊,走向未知的前方。陌生人为他们的勇敢喝彩,而身边的人,在钦佩之余,则多了几分担心,我们完全相信他们会凯旋,只是牵挂,从分别那一刻便开始绵延。

元宵节

FEBRUARY 08
正月十五「元宵」
SATURDAY
2020/02/08

也许很多人都拥有了史上最长的春节假期，
一路休到元宵节，曾经是儿时的梦想，
没想到是这样的情状，
并且身为医院的非一线人员，
也拥有了史上最短暂的春假，
即便在这样一个团圆气氛浓重的节日，
竟几乎度过了无眠的夜。

接到卫健委通知的时候（明天要派出210人支援前线）
已是暮色四合之后，
正在准备相关文档，
忽然就听闻，短短90分钟，
已经集结了超过210位英雄，名单里各种熟悉略

WOW!

出征的队伍，

在草地上集结成"HS"华山的缩写，
队伍里的英雄们坚定而笔直地站在那里
作为旁观者却泪流到停不下来

有同事说，"HS"也是"火神"的缩写，所以一定能战无不胜

忽然想到，HS也是"火速"、"好帅"的缩写

那支90分钟火速集结的队伍，在阳光下无比帅气

215 @ 20200209

没有什么铜墙铁壁，

　　　只是没有时间沉溺悲伤

2月15日

今天和前方连线的时候,听到了一则令人心疼的消息。

都说男儿有泪不轻弹,而昨天一个平时看起来高高大大的男医生,却哭到近乎崩溃。二十多岁的大男孩,已经娶妻生子,但那一刻,号啕大哭完全像个孩子。同事隔着玻璃,向其他医生和同道解释他的失态,纸上写着:"对不起,他很难过,尽力了!!"只是极为简单的字句,看者却都不禁湿了眼眶,当事人的心里一定更加五味杂陈。

大家都很担心他,总队长握着他的手在医院走廊静静地坐了很久,担心他缓不过来。他是麻醉科的小医生,也是插管队的一员,和几个同事一起冒着被感染的风险,冲锋为危重的患者气管插管,为他们求得一线生机。然而,虽然医护足够努力,几乎是用尽全力,但患者们如暴风一般的炎症与脆弱的身体,常常面临的情况是,彻夜难眠与死神抢夺,最终却无力回天。

他们才来到同济医院光谷院区重症ICU病房不到一周，却经历了也许在华山一个月都不会遇到的整夜紧急抢救与患者接二连三的逝去。

在医院病房里待久了，会时不时见到一些送别的无力感，眼睁睁看着生命消逝，家属或嘶吼或强忍泪水。而在光谷这里，因为新冠的传染性，没有家属陪护，医护人员成为了患者的临时家属，一次次送别，就像是一次次失去了亲人。这种太过高频的无力感，让已经工作了五六年的麻醉医生都失声痛哭，更不用说那些刚刚从学校毕业一两年，从未接触过ICU的孩子们，也许在这里，他们是第一次如此深切地体会到，生命脆弱如斯。出征那天，所有人都是怀着必胜的心情进发，但在疾病面前，也渐渐理解了生命的无常。也许大家并没有做好足够充分的准备，也从来没有什么天生的英雄或天使，只是一群普通人甚至是孩子，凭借着一腔责任感与勇气，支撑自己去为更多人做些什么。

2月16日

昨天听闻前方的故事,今天有了明媚的转机。

经过大家的安慰与自我的调整,魏医生给太太写下了一封浪漫的情书。在恸哭的背后,并非青春年少难以控制自己的情绪,而是因为对于这座城市,他怀有着极深的情感。武汉曾经是他实习过的地方,也是他遇见爱情的那座城,那里有他们共同喜欢的热干面、鸭脖、美丽的樱花,还有江边鼎鼎有名的黄鹤楼。他曾经从武汉来到上海,这个春节,又重回武汉,奔赴危险的战场,虽然曾哭泣,但并没有被打败。在写给妻子的信里,看不到颓废,只看到了满满的正能量。他们孩子的名字谐音"未来",同样让人充满希望,就像信的最后,他这样写道:"不知不觉外面的雪已经停了,是啊,这世间哪有不停的风雪"。

风雪总会过去,我们的战士们很快会归来。

3月1日

每次和前方连线,心都会被揪着,听到好消息特别开心,听到不确定的消息,又颇为担心。前段时间听说光谷院区一些护士小姐姐因为太累发起了烧,大家都着实为她们捏了一把汗,还好最后虚惊一场,前方和后方都舒了一口气。

如果说报名出征靠的是冲动与勇气,坚持每天进病房浴血奋战,则需要勇气、坚守与互相鼓励。有位护士姐姐在武汉日记里面写的话让我深有感触:初到武汉时,她保持着平和乐观的心态,对即将到来的挑战没有太大的心理压力;然而当自己真正穿上防护服准备第一次进入ICU时,还是下意识地将护目镜勒到最紧,用胶带缠满了整个头部,那一刻她才明白自己也会担忧和紧张;最后,是因为更大的使命感,让她坦然走了进去,在忙碌中忘记了害怕与担心。然而挑战,并不会因为勇敢就止步不前,后来这个小姐姐下班后意外地出现了腹泻与高烧的症状,开始了孤独的隔

离观察。好在,在门的另一侧,小伙伴们天天给她送饭,用手势与电话给出爱的鼓励,煎熬终于柳暗花明,在排除问题后,她又成为了一名战士。

很多队员其实是第一次来到武汉,樱花开了,却没空流连于花团锦簇的盛景。她们在病房中奔走着,成为了女汉子。平时拧不开几百毫升矿泉水瓶盖的姑娘,现在却可以推着数十斤重的氧气钢瓶"健步如飞",患者成为了她们的软肋,也成为了铠甲。虽然是战士,却依然柔软,整理床铺时捡到带着逝者余温的一只袜子,睹物思人,便泪流满面;想起上午还彬彬有礼的患者,下午已是天人永隔,不禁又泪湿眼眶。她们见证了这些生命最后的时光,也承担了沉重的情感,但没有打垮她们的,最终让她们愈加强大。

引用另一位护士小姐姐在日记中写下的格言:

"Goals stronger than Goliaths ,Dreams bigger than Doubts, Faith over Fears! [1] *"*

---

[1] 意为:目标强于巨人,梦想大于疑虑,信念高过恐惧。

3月6日

在这段特殊的时期，好消息和坏消息总是交织而来。刚听急诊科的医生们说，前两天我们一位援鄂医疗队的队员夏敬文，他年迈的父亲突发心梗送到了我们医院，情况非常危急，虽然大家在第一时间十分努力地抢救，最终还是回天乏术，没能照顾好前线英雄的后方家庭，感觉到有些遗憾和自责。病房以视频连线的形式与夏医生进行了联系，让他通过视频远程见了父亲的最后一面。失去至亲的痛苦难以言喻，大家十分担心夏医生和家人的心情，第一时间前往慰问。

虽然痛失爱人，作为家中主心骨的儿子又不在身边，但夏医生的母亲毫无怨言，非常伟大。她说全家都是本分的普通职工，都以培养夏敬文成为医生为荣，为他能代表上海支援武汉为傲。在疫情的特殊时候，一切从简，全家全力支持夏医生心无旁骛继续在前线决战。而夏医生本人，也在短暂的自我心理调适之后，立即投入了忙碌

的工作。作为呼吸科的医生,他是武汉光谷ICU抗疫队伍中的主心骨之一,始终抱着"作为呼吸危重症专家,冲到最前线是使命和责任"的信念。

虽然私下和夏医生交集并不多,但曾经有亲友在他的专家门诊就诊后对其业务能力颇为认可,成为了其忠实的粉丝。而他冲在第一线的故事,在这次援鄂之前就早有耳闻。2008年,他便是紧急救援队第一批的队员,在震后48小时就到达了汶川灾区;2018年,他又主动请缨申请援藏,在西藏日喀则市人民医院工作了一整年。每一次临危受命,他都没有错过,唯独错过了自己父亲最后的时刻,他并非不想成为一个好儿子,而是有更大的使命召唤着他,他没有时间沉溺哀伤,逝者已矣,守护生命。

之前，见有医院一张陪患者看夕阳的照片刷爆网络，温暖了网友们的心。

武汉的夕阳，的确非常迷人。这是我们医护人员在夕阳里护送患者去做手术。

风景很好，但他们来不及停下脚步欣赏

FEBRUARY
15

正月廿二
SATURDAY
2020/02/15

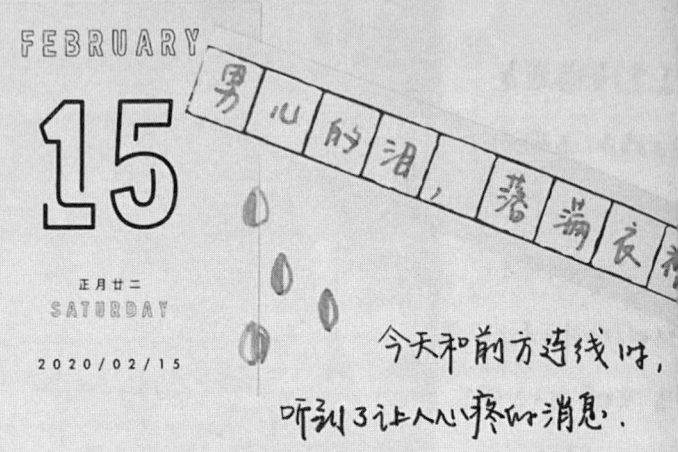

男心的泪，落满衣襟

今天和前方连线时，听到了让人心疼的消息。

虽然医护尽够努力，用尽全力，但还常常无力回天，在彻夜难眠与死神抢夺之后，依然败下阵。

虽然在我心，也会时不时出现送别的无力感，但在短时间内面对如此集中的死亡，则前所未有。很多刚毕业不久的孩子，从未进入过ICU，也从未如此深切地知道生命脆弱如其行。

在连续抢救了一天一夜之后，

面对逝世的患者，麻醉科的小伙哭成了泪人。那种无力与崩溃，看着让人无比心疼。

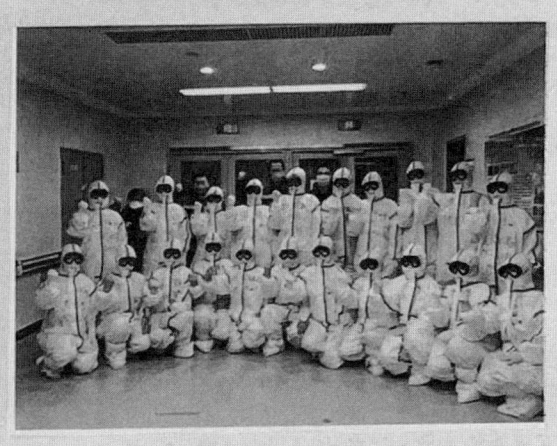

▲ 怀着必胜的心情进发.

渐渐理解生命的无常.

但努力的心

从未有所怀疑

真心敬佩这些一夜长大的同龄人,

没有天生的英雄, 也没有降临的天使.

只有长大负重前行的孩子们

包治百病

对于很多年轻姑娘而言,"包"治百病并非戏言。当遇到了烦心事,比如失恋,美丽的包包都会不离不弃,陪伴在自己身边,就像生活中硕果仅存的仪式感。这也从另一个角度诠释了姑娘们"爱美"的天性。而在疫情到来之后,美丽的包包似乎离大家遥远了一些,特别是奔赴前线的姐妹们,为了降低感染的概率,经常不带任何包具就赶赴战场。

而在奋战半个多月后,她们忽然又成为了拥有"名牌"包包的时尚女孩,爱马仕、香奈儿、古驰……几乎将所有奥特莱斯中的品牌一网打尽。合影里的姑娘们虽已然全副武装,但她们的欢乐与笑意却依然透过护目镜传递了出来。

大家穿着里三层外三层的防护服进舱工作,但依然需要随身带一些东西,比如纸笔和其他零零碎碎的小工具。为了让无包女孩们方便工作,队里几个心灵手巧的九零后姑娘便就地取材,用防护材料制作了一些小包包,于是,黑色、白色、

蓝色的大牌包包一只只出炉了。她们的小包，每一件都独一无二，大概是最有设计感的"大牌"了。姑娘们欢天喜地地背着新包一起合影，那一刻，看着她们的笑容，我忽然觉得眼睛有点湿。

在医院里，她们全副武装，是身披战袍的白衣战士，但脱下铠甲，她们其实依然是最最普通的年轻女孩子，想着包包和衣裳，爱美爱自拍。无忧无虑地背着漂亮的包包在春光中摆pose，也许正是她们这个年纪快乐的源泉，但在目前特殊的环境中，生活如此辛苦，她们却还能保持这份天真烂漫的初心，并甘之若饴，则让我们分外感动。

没有什么天生的巾帼英雄，愿她们归来，还是活泼平凡的女孩，那时她们身着鲜艳的裙子，依然背着美丽的包包，但行囊里不再只有纱布与针管，而是口红与香水。

FEBRUARY
25
二月初三
TUESDAY

"包"治百病

强烈安利

> 她们全副武装,化身白衣战士,但脱下铠甲,她们也是普通的女孩子,恋着包和口红。

看到一个同是手帐er的姑娘的朋友圈,那时她在光谷ICU已经奋战了半月有余。可在佳怡姐姐的语调里仍然充满了幽默。

为了方便大家带上随身物品进舱,几个有心灵手巧的90后姑娘就地取材用防护材料制作了这些小包。于是,姑娘们又拥有了CHANEL、GUCCI、HERMES……她们的包包,大概是最有设计感的大牌了。

即使工作如此辛苦,但依然甘之若怡。这大概就是凡人英雄的浪漫罢

家乡的味道

3月中旬的时候,好几个援鄂的姑娘都在朋友圈晒出了家乡的味道,包括大白兔奶糖、静安面包房的糕点、小笼包,还有各式的酱料,激动溢于言表。虽然她们是大家眼中的援鄂英雄,但很多人私底下其实也是非常可爱的小吃货,看到食物就两眼放光。

老话说得好,抓住了一个人的胃,就抓住了一个人的心,对于国人而言,食物是生活中极为重要的一环。无论身处何方,胃还是那个家乡的胃。家乡的味道不仅勾起了思乡的情感,也拉近了人与人之间的距离。

当天的"武汉日记"里,马队长也在电波中讲述了上海味道的故事。他说,锦江集团的张晓强副总来驻地看望他们,每个人晚上都领到了十只小笼包、一份腌笃鲜还有一份上海口味的盒饭。人在异地他乡的时候,总是格外怀念家乡的味道,在上海的时候,也许一顿不过只能吃一客四只小笼包解解馋,而这一次在武汉,就着腌笃鲜,满

口的家乡味，十只小笼包一下子便被风卷残云。遇到好吃的东西，简直连身材管理都被抛到了九霄云外，据说有队员因为吃得太撑，只能一遍又一遍地在房间和无人的小花园里踱步，这大概就是美食的代价吧。

虽然大家表达出来的，都是快乐、幽默的片段，但身处上海，天天吃着稀松平常本土食物的我们，其实能够感受到他们背后的不易。身处陌生的环境，饮食的不习惯加之高强度的工作，他们一定分外想家吧。春天已经来了，希望一切都快点好起来，他们能早日归来，大快朵颐。

3.14

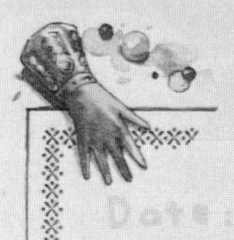

锦江集团派吃货副总来基地看望我们。

今天晚上每人领了一份小笼，一份腌笃鲜，还有一份酒店饭盒饭。

小笼究竟是风卷残云，在上海的时候，我好像总吃的不香(笑)，今天腌笃鲜、小馄饨都是家乡味。都是上海的事，忽然有点扛不动身心的开始了。

大白兔

3月，队员们终于收到了来自家乡的味道。
大白兔奶糖，静安面包房糕点，
还有山茂记+醋……以及各种锦江饭店的
自制酱。尽管在前方做英雄，但胃还是
家乡胃，他们一定很想家吧。

逆行的 90后

在此次前往武汉同济医院光谷院区ICU的华山第四纵队中，90后占了半壁江山，甚至不乏95后，大部分人都是家中的掌上明珠，被宠爱的小公主。记得出征那天，有个1997年出生的小队员，爸爸妈妈赶到医院来送行，纵心里有万般不舍，还是义无反顾地鼓励女儿，父亲眼神宠溺地为女儿捧着饭盒，口罩遮住了他的表情，直到孩子吃完饭，才依依不舍挥手告别。作为这一幕的旁观者，我也忍不住哭了很久。在特殊时期，我们真正相信了一夜长大的真实性，没有天生的英雄，但有长大的90后孩子们。看到前线她们传回的文字，会感到欣慰与振奋。休言90后女子非英物，逆行路上皆赤诚。

四纵队有位小张姑娘张文翠护士，在她的武汉日记中写下了"90后宣言"，虽朴实无华，但很真实亦很感人：

"穿上防护服的我们，自愈了'公主病'，成为一名白衣战士，穿梭在病房里，守护在病

人旁边,看着心电监护仪屏幕上:血氧饱和度100%,不由地会心一笑。我爱我的工作,我爱我的岗位,我很享受通过自己的专业技能给病人减轻痛苦带去健康,我很喜欢看到患者逐渐康复时的笑靥如花。我希望通过我们全体抗疫人员的爱岗敬业,这场战役能早日大获全胜,到那时我将回到上海,回到原来的岗位上,继续做一名普普通通的小护士。"

在疫情的非常时期,很多90后几乎是一夜长大。从家中被照顾的那个宝宝,成长为全心全意照顾他人的战士。《人民日报》曾经采访过我们医院一位在光谷院区重症ICU工作的95后护士刘莉莉,她讲述的语气颇为平静,但不少细节让人动容。一个非常瘦弱的小姑娘,推着几十斤重的氧气瓶,毫无怨言,记者问到她在这里工作的感受,她的第一反应是"我觉得自己就是应该来"。除了治疗患者,护士更多的时间是和患者们在一起,照顾他们,陪伴他们,她们会帮患者

剪指甲,陪患者聊天,因为重症的患者非常虚弱,说话也常口齿不清,但是小护士们非常耐心,猜测患者的心思,给予他们生活下去的温暖力量。

很多姑娘的隔离服上写满了她们偶像的名字,脱下战袍,她们还是那群对美好生活充满向往的小姑娘,吃火锅、喝奶茶、追综艺、看演出,逛街买漂亮的衣服,看到口红出了新色号便忍不住买买买。但她们同样是一群成熟的可担重任的医务工作者,二十而丽,三十而立。

美人应是女战士

初识洪姝姐姐,是在几年前的旗袍舞台,我们是队友,下班后一起练习了将近一个月,为医院成立110周年的晚会伴舞。当时对她的印象是美丽、窈窕、优雅,虽然是资深的麻醉科护士,也早已为人母,但岁月似乎对她格外慷慨,并没有在脸庞上留下痕迹。因为平时在她的朋友圈看到的更多的是美好生活的模样:健身、舞蹈、美食,对她的工作其实了解不多,所以这次在第四批援鄂医疗队的名单上看到她的名字时,还有一些小小的惊讶。

后来在新闻中看到了关于武汉同济光谷院区插管冲锋队的报道,各地的医院临时组成了20人的插管小分队,18名麻醉医生和2名麻醉护士,其中有4位来自华山,他们是麻醉医师曹书梅、罗猛强、魏礼群,和麻醉护士洪姝。看到美女姐姐是插管小分队的一员,还是唯一一位进舱插管直面病毒的护士时,对她又多了几分崇敬。虽然在同济的光谷院区,大家都是里三层外三层做好

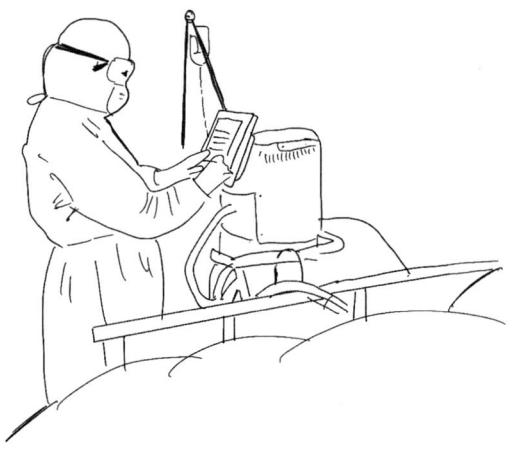

了隔离防护，是"穿着盔甲绣花"，但相较而言，对垂危的患者进行插管和拔管，仍然是感染风险最高的治疗项目之一。插管治疗，是为呼吸困难的重症患者在气管内插入塑料的导管，然后接入呼吸机，从外部帮助患者获得相对顺畅的呼吸。在实际操作过程中，患者极有可能无意识地喷出体液，而空气中也散布了病毒的气溶胶。用队员自己的话说，他们"离病毒只有几厘米"。虽然气管插管的操作看似只有十几秒，但这短短的一瞬间，足以让患者命悬一线，也让医生护士惊心动魄。

开始的时候，他们的工作负荷很强，每天平均要插管六到七人。她在操作中也曾经遇到过惊险的情况，在插管时意外发现患者假牙脱落，影响了插管的位置，而身边的麻醉医生，眼罩里起了一层雾气难以看清前方。这个时候麻醉护士就成了医生的另一双眼睛，虽然没有亲手插管，但近二十年的工作经验，让她对这些操作细节与流

程了然于心，通过语言的交流，他们在迷雾中找到了声门，终于化险为夷，隔离衣里早已汗流浃背。

插管成功率100%的背后，是医护人员冒着生命危险的努力。对武汉的感情，对新冠病人的感情，与战友之间的感情，都是过命的深刻。

美女给我们带来的刻板印象通常是柔弱，但在这次疫情中，看到的更多是女战士的刚毅。姐姐说，并非不怕死，只是害怕更多人死去，所以忘记了自己的害怕。看到起死回生的患者写来的感谢信，她们每读一遍，都会泪流满面。3月29日，原计划四月初撤离的华山医疗队，接到通知将于3月31日提前撤离。在当晚医疗队举行的总结大会上，洪姝又哭了，舍不得患者，舍不得全力以赴心无杂念的拼命时光，当时的场景历历在目，心里依然柔软，在战场上却无比刚强。

Part 5

上海守护者

同事相见不相识

上海进入二级防控的第一天，再一次轮到我在大门口作为志愿者检测来院人员的体温，两个月来，志愿者的岗位换了三次，但队伍还是那支队伍。每天清晨到傍晚，阳光明媚或风雨大作，志愿者们都会坚守岗位，不厌其烦地和患者与同仁沟通。

而今，这支志愿者队伍不断壮大，从一开始的十几人，扩充到了现在的近百人，都来自医院的大后方，以医院行政管理部门的中青年党员作为主力军，办公室里的文员、账本前的会计师、电脑前的程序员、奋笔疾书的科研人员，都第一时间分散到了医院的各个出入口，戴上口罩、护目镜与帽子，很快学会了防护与测温的技巧，为医院内的疫情防控筑起安全防线。虽然没有医学背景，但大家干得热火朝天，暂时剥离自己的日常工作岗位，成为纯粹的抗疫志愿者，真正投入到具体的抗疫工作中，会有一种特别的充实感。

虽然只是做了一些微不足道的努力，但那些

不同岗位的抗疫志愿者服务经历和同事们的故事依然让我经常被微小的细节感动着。

还记得第一次轮到我是在二月初,因为被排到了早上七点上岗,为了不迟到,五点多我就出了门。彼时大部分单位都没有复工,清晨的上海,宛若一座空城,清晨的地铁站,除了工作人员,几乎空无一人;而整节地铁车厢,亦是空空荡荡,除了困意,便是寂寥。被安排的测温岗位是在二号病房楼的门口,那时防护资源非常紧张,基于未知的担心,我只能临时找了一个儿童版的KN95口罩作为防护(这时颇感欣慰的是,因为假期缩短,没有来得及胡吃海喝,脸也没有膨胀,还是儿童脸的大小,哈哈),紧张地把自己的头发几乎是一根不落地塞进了帽子,又戴上了朋友给我寄来的护目镜,测试消毒了所有的额温枪,方才全副武装上了岗。我的背后是一个巨大的感应门,还有保安叔叔可以分担很大一部分的测温压力,整个工作非常顺利。那天上午遇到的患者

穿上隔离衣，

也需要

我对

人

使之朝夕相处的同事，

也才能认出彼此。

过。经历了此次疫情，

距离是否因此而变得疏离？

离病毒，在层层包裹之下，

也许可以更理性地面对自我与周遭

志愿者的时候。看着人来人往，每个人就像科幻片
一样，头顶着体温的数字。名字模糊了。
健康成为了生命唯一的标签。

很少，基本都是自己的同事，除了少数人兜里揣着当早饭的热馒头，让感应门警报大作虚惊一场之外，一切都颇为祥和。但让我意外的是，因为疫情的原因，很多科室都无法正常开诊，医院的人流较以往少了大半，但是清晨七点的医院病房楼，却依然有几百号医护熙熙攘攘。无论何时，总有患者要照顾，医院总要运作下去，原来有那么多同事每天在默默努力工作着，虽然因为彼此全副武装很难第一时间相认，但仍有一种敬意融化于心。

第二个志愿者岗位是在门诊楼大厅。虽然为了人群防疫需要，医院的内部流程有了较大的改变，我所在的大厅主要作为员工通道和部分急诊通道，但依然会有患者与其他人员路过，人流量同样不小。因为这次没有了高科技测温门作为后盾，所有的测量都是近距离手测，我戴上了手套。不戴不知道，一戴吓一跳，因为检查手套密闭性比较好，才不到十分钟，手套内的生态只能用湿热

来形容。趁四下无人,我悄悄脱下了手套,发现自己已然成为了一个"有味道"的志愿者,一股橡胶味裹着汗味,几乎让人窒息。离开志愿者岗位前,忽然遇到了一个有高热症状的患者,额温38℃有余,在联系急诊同事过来复核的时候,我努力安慰那位大叔,希望他不要太过担心,自己却也忍不住有些担忧。忽然想起那些在前线连续几小时都在更加厚重的防护服中从事高强度工作的同事们,天天和高浓度病菌共舞,愈加肃然起敬。

第三个岗位是在大门口,这次的岗位因为接触人群,暴露风险相对更高,门卫志愿者会穿蓝色的手术隔离服,我整个人俨然成为了吉祥物,时不时看着体温计数器的外温与体温数据上下跳动,亦能感受到春天的气息。医院花园已经花团锦簇了,城市亦恢复了往昔的热闹,医院里来来往往的人们,已经没有了前段时间的紧张与彷徨,步伐愈发从容,尽管依然戴着口罩,但眼里,总算有了春天的希望。

FEBRUARY

11

正月十八
TUESDAY

2020/02/11

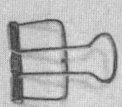

你见过早晨5点多的非常时期的魔都吗？为了做测温志愿者，

今天5点多就出了门，守候在住院楼门口患者不多，见到的大部分都是同事，后来7点上华山，已经人声鼎沸。

◀ 这是我的高科技伙伴"测温门"科技改变世界，大抵如此。

腾讯会议

Welink

Zoom

易live

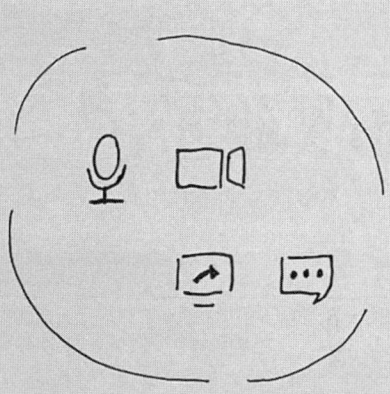

最近的生活……

因为不能聚集开会,

但是时局瞬息万变,

需要讨论的事情颇多,

于是就变成了一天N场视频会,

调试了几乎所有免费的视会软件,

感觉成为了主播,

每天都GET新的转播技能

医院里的歌声 ~~

歌声是慰藉灵魂的方式，在疫情期间，我们医院有两首抗疫主题的改编歌曲《唯一的可能》《春暖武汉》红遍了整个朋友圈，他们的改编作者都是感染科的一位小医生，她的名字叫李发红。其实这位姑娘在医院中大家并不陌生，在我们2017年医院成立110周年的文艺汇演中，她也自创了歌曲《华山路上》，描述了年轻一代奋发上进正能量的生活。

歌声之所以感人是因为它的真挚，身在一线的医生自然更懂同在一线的同仁们的心情，虽然不是专业的歌手，但清亮的嗓音加上十分应景的歌词，每次聆听《唯一的可能》还是忍不住要落下泪来。特别值得一提的是，《唯一的可能》改编自另一首《100万种可能》，原创在听说了这首歌后，也亲自录制了视频，祝福抗击疫情一线的医务人员，远隔重洋的对话让人觉得这个世界如此温暖。"写一首歌给武汉，让他在春天和温暖中'重启'。希望在春暖花开的时候，我们医

务人员能够打赢这场胜仗,平安归来;武汉也能够从这场大病中慢慢痊愈,恢复正常。"这不仅是创作者的愿望,也是大家共同的愿望。

《唯一的可能》有一丝淡淡的悲伤,有英雄出征时的恋恋不舍与悲壮,它写于最寒冷的冬天,表达的是战胜风雪的决心,《春暖武汉》则更加温暖治愈,由援鄂队员家的"华二代"作为主唱,奶声奶气的童声给予了歌曲更多的希望与温暖。正如创作者李发红所言:"虽然很简单很普通,但童声有一种让人内心无法抗拒的力量。能唱到你的心里去,能叩动你的心弦。"

征得原创作者本人同意,将两首歌词分享给大家:

唯一的可能

那天 你微笑对她(他)说
抱歉 不能陪伴在你身边

祖国召唤你

送别的人 双眼饱含泪滴

心里纵不舍你离去

你逆风而行

在那瞬间 没有第二个可能

跟随召唤 向战场汇聚

百万列车 划破寂静的黑夜

白衣战士 往荆楚大地

挥别背影

心中为你祈福万遍

唯愿你

无忧无惧 有人补给你所缺

疲惫寒冷 照顾好自己

来不及停歇 你奔赴战场

用生命守护着生命

你不以为然

唯一的可能

李发红（华山战梁）改编自《一百万个可能》

那天 / 你微笑对妈（他）说

抱歉 / 不能陪伴在你身边

祖国召唤你

送别的人 / 双眼饱含泪滴

心里纵不舍你离去 / 你逆风而行

✈ ------------- ✈ -------------

在那瞬间 / 没有第二个可能 / 跟随召唤 / 何戍场记

百万刚辛 / 戎怀便寂静口黑夜 / 白衣战袍 / 徐徐楚大地

捧到肩膀 / 心中为你祈福万遍 / 惟愿你 / 无恙

有人给你许愿天 / 疲惫寒冷 / 照顾好自己

------------- ✈ ------------- ✈ -------------

来不及停歇 / 你奔赴战场 / 用生命守护着生命 /

你不以为然 / 一抹红山挂笑 / 你屏住呼吸

冷冽的空气里充满你坚强勇气

已单曲循环.
忍不住落下泪来. 盼君归来 春暖花开.

那瞬间/没有第二个可能/坚持到底/为最后胜利

万战场/汇聚亿万人之力/与子同袍/前线我同去

中华大地　　　　　　 每寸土地
使不久冷疫情肆虐　　 我们心之爱之所依
共呼吸　　　　　　　 共命运
南山之下/待我翘首以听令　你若呼唤/我必倾尽我所能
红日升起 　　　　　　 樱花盛开/待春暖欢呼
　　 待大白天明　　　　樱花盛开/待平安归来

冻红的指尖 你屏住呼吸

冷涩的空气里充满你坚强勇气

在那瞬间 没有第二个可能

坚持到底 为最后胜利

百万战场 汇聚亿万人之力

与子同袍 前线我同去

中华大地

决不允许疫情肆虐

共呼吸

南山之下 你我翘首以听令

红日升起

待下个天明

在那瞬间 只有唯一的可能

坚持到底

> 我们心之爱之所依
> 共命运

这段原唱与翻唱
之间的温暖互动,
治愈了这个春天

李发红,华山感染科医生
《惟一的可能》词作者

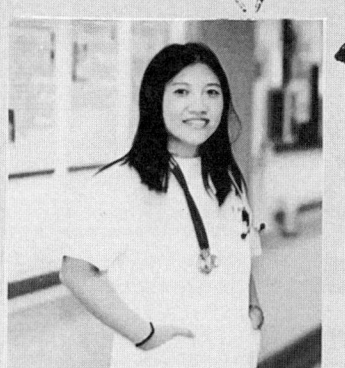

> Because no matter what you look like, you have a dream, you should do everything you can achieve

> 等到春暖花开,
> 中国又能变成
> 有阴热闹的
> 中国.

克丽丝汀,《一百万种可能》
原唱,在美国家中录制了
祝福抗击疫情一线的医务人

为最后胜利

百万战场

汇聚亿万人之力

与子同袍

前线我同去

每寸土地

我们心之爱之所依

共命运

你若呼唤

我必倾尽我所能

樱花盛开

待雀鸟欢鸣

樱花盛开

你平安归来

春暖武汉

武汉 武汉

你生病了吗

我把爸爸(妈妈)借给你

你要快点好啊

武汉 武汉

春天就要来啦

妈妈说你家的樱花最好看呢

迟日江山丽,春风花草香

泥融飞燕子,沙暖睡鸳鸯

才饮长江水,又食武昌鱼

万里长江渡,极目楚天舒

我们与你 姐妹兄弟

风狂雨骤紧紧相依

一个眼神 一个笑容

给我们坚强的勇气

等春暖花开时

樱花烂漫飞落时

卸下防备

让我们紧紧 紧紧拥抱彼此

我们与你 姐妹兄弟

紧紧相依战斗到底

每次擦肩 每次相视

彼此会意不必言语

期待着那一天

我们露出微笑的脸

让我看清你

让我看清你 明亮温柔的眼

武汉 武汉 你要快快好啊

等爸爸（妈妈）回家

他们,

也一直都在

在医院的后方，还有这样的一群人，他们也许没有灯光也没有关注，但同样坚守岗位，默默地付出了自己的汗水。他们是医院安全的守护者，有时穿着隔离服，有时则不，但时刻守护着医院的第一道关卡。

大年初二，很多安保人员一收到复岗的命令便义不容辞地回到了岗位，当时，很多人正准备回家过年，陪伴老家许久不见的亲人。他们中的很多人都曾经是军人，听到了命令，就如同听到了号角，没有人提出困难，大家都自觉地回到医院开始加班。其实很多人也许不知道，在第一线，保安也是冲锋陷阵，协助发热门诊的测温和流调的工作。当时防护服和口罩都是非常紧缺的物资，身处相对后方的安保队员舍不得每天换口罩，互相谦让，都将珍贵的防护口罩省给直接和患者接触的第一线的兄弟。我们做志愿者的时候，他们总是热心地帮助我们一起测量体温，与患者沟通时也十分训练有素。

记得马队长在《武汉日记》里曾经讲过一位保洁李阿姨的故事。保洁和保安其实与医生护士一样，都身处最危险的地方。我们新闻里天天都是逆行的英雄，而他们同样也是冒着险，兢兢业业的工作者，也是英雄。在平时，也许很多人并不会第一时间就在医院中关注到他们，但他们一直默默地守护着医院。在这次疫情中，在培训时，他们非常认真，自我防护做得也十分的到位，让大家十分放心。抗疫不只是医生和护士的事情，医院的每一环，都必须无可挑剔，才能没有后顾之忧。

保安和保洁的队伍，他们在我们看不到的地方默默地流着汗水，奉献与牺牲。后来我才听说保安队有一位班长，他在老家的老婆就要生孩子了，但是为了医院的安全，他毅然地决定不回家，一直坚守了一个多月，错过了初为人父的重要时刻，但他并无怨言，只是默默站好岗，在初春的风里，挺拔如一棵大树。

用阅读致敬战疫

3月5日

中午在微信群工作的时候,收到了"阅读马拉松"公众号的推送,今晚要举行一场线上阅读"马拉松",活动介绍将会延续线下赛的共读,但主题会结合抗疫,缩短时间与篇幅。怀着好奇,在群里顺手转发了这次活动,很快就吸引到了几十位同事,原本小范围的阅读活动,成为了一项群体活动。

线上阅读活动正式开始时,五十余位来自医院各个部门的党团员青年火速集结,共同组团参与了由上海图书馆及武汉图书馆等多地图书馆联合举办的"2020'我的战疫'阅读马拉松"线上快闪赛。

从我们医院的情况管中窥豹,即可大约知道全国各地读者对于此次阅读"战疫"活动的热情。因为参赛者的热情,网络一度瘫痪,但参与的小伙伴们依然发扬了执着的精神,在线上互相加油打气,最终获得了这场别样"马拉松"的纪念证书,

也写下了属于自己的"战疫"宣言。

虽然参与此次阅读"抗疫"活动的大部分同仁没有机会在武汉前线冲锋陷阵,但大家同样在医院后方朝夕努力,共同守护这座城市。本次阅读的比赛书目正是我院张爸主编的《张文宏教授支招防控新型冠状病毒》,这本书让我院的参赛者感到格外亲切。

一位参加此次活动的青年表示:通过此次机会,可以沉下心来,抽出大半个小时,认真阅读这本书籍。仔细记录笔记,俨然回到学生时代。一场别样的抗疫阅读活动,不仅收获了防控的知识,也收获了重拾阅读的心境。

在武汉方舱医院的报道中,一位坚持阅读的年轻人给大家留下了深刻的印象,张爸在接受采访时也曾经说过:"社会发展实在太快了,所以人人都很焦虑,在这种情况下面,我觉得看书是非常好的调剂方法之一。"而未身处一线的我们,除了"摒牢""闷死"病毒、奉献爱心以及做好

志愿者服务，同样可以藉由阅读，发动一场对病毒的战役。

而我们医院在武昌方舱的青年小伙伴们，也组建了属于他们自己的"战地"读书会，以书会友、敞开心扉。2月20号，他们组织了第一次读书活动，在那一场读书会上，青年突击队联合三纵队的副队长包丽雯向大家做了图书的分享，她分享的书目是绘本大师李欧·李奥尼的《田鼠阿佛》：

快入冬了，阿佛的家人好友都在忙着收集玉米坚果、小麦等食物，已被漫长冬日消耗了体力，而阿佛却独自一人采集阳光颜色和词语。真的入冬了，藏身之地的食物很快被消耗完了，阿佛的家人好友们都开始无力焦虑起来，但这时他们想到了阿佛的阳光颜色和词语，阿佛给他的亲友带来了巨大的能量。

这则寓言让青年们联想到了正在进行的方舱

工作。虽然经过多日的建设，舱内的食物和物质的供给已经渐渐充足，但患者们仍思虑较重，而此时此刻，医护工作者都应该成为阿佛，带着心中的阳光和色彩，给患友们带去信心和勇气。

而在今天，当我们正在进行阅读马拉松的时候，在千里之外的武汉，青年们也在进行一场读书会，但这次他们阅读的不是一本装订好的纸质书，而是来自复旦大学各个院系的学生们写下的一封封情感丰沛的家书，同学们的真诚祝福就像阳光和色彩，带给了队员们满满的能量。

我们永远无法低估文字的力量，回望历史，人类与病毒的战斗已然存续千年。当春天真正来临，新冠疫情过去，人类仍然无可避免地与下一种未知的病毒角力。但我们可以通过阅读，减少因为无知而带来的恐惧，进而思考身为年轻人在战疫中可以起到的作用，展现青年的力量。

MARCH
17
TUESDAY
2020/03/17

Welcome Back~~

Part 6

盼君归来，春暖花开

同一片草坪，
　　欢迎回家！

2月9日,两百多名华山援鄂队员集聚草坪,在草坪上队形排成了华山的首字母HS,宣誓完毕,队员们便浩浩荡荡奔赴武汉的抗疫战场。彼时,很多人怀着对未知的担忧,不少人来不及通知家中年迈的父母,不忍心告诉年幼的孩子,只和自己的伴侣交代了几句,便收拾起行囊,送行的亲友与同事无一不依依不舍、泪流满面,当时的场景至今历历在目。

68天之后的4月17日,同一片草坪再一次热闹非凡,这一次人丁更加兴旺,一、二、三、四纵队齐聚华山花园,作为凯旋的英雄,援鄂队员被人们夹道欢迎。原本天气预报说,今天会下雨,然而天气似乎也抵不住大家的热情,大草坪满是春天的阳光明媚。四批出征队员的队长依次走上司令台,向总队长汇报凯旋的信息,听着他们坚定的语气,会有一种热血沸腾的感觉:

"我是华山医院首批援助武汉医疗队的徐斌,

徐斌

汪慧娟

刘著 姜竹

张继明队长

王贞副队长

贾雅副队长

杨敏婕

卫平

我谨代表我们医疗队全体队员,向马昕总指挥长报告,我们队员圆满完成了在武汉金银潭医院北3楼重症病房的医疗工作,现在全员平安回来,报告完毕。"

"我是华山医院第二批援鄂医疗队的赵锋,我代表医疗队全体队员向马昕总指挥报告。我们已经圆满完成武汉三院光谷院区的支援。"

"我是华山医院第三批两个医疗队的张继明,我代表全体队员向马昕总指挥报告,我们圆满完成武汉方舱医院,以及同济光谷院区的医疗任务,安全返回。报告完毕。"

"我是华山医院第四援鄂医疗队队长李圣青,我代表全体队员向马昕指挥报道。我们已经圆满完成同济光谷院区重症ICU支援任务,全员平安返回,报告完毕。"

而丁院长慷慨激昂的欢迎词,亦回荡在草坪上空:

"历史不会忘记:大年三十,来不及吃上一口年夜饭,毅然出征、日夜奋战在武汉金银潭的一纵队;历史不会忘记:在年初四的严寒中出发,奋战在武汉三院的二纵队;历史不会忘记:三纵队临危受命、一夜成军,开设武昌方舱医院,开创了救援历史、创造了中国经验;历史不会忘记:规模空前的四纵队,接管同济医院光谷院区的ICU,收最重的病人,打最硬的仗,守住'降低死亡率'的最后防线;历史同样不会忘记:数批队员奋战在公卫临床中心,筑就上海'提高治愈率'的白色长城!感谢逆行天使!感谢协调处置、靠前指挥的各级领导!感谢和我们共同奋战记载这一段历史的媒体朋友!感谢牵肠挂肚、默默承受的队员家属!感谢慷慨解囊、众人拾柴的各界爱心人士!也感谢这一段历史的馈赠。"

在几天前结束隔离第一次回家时,据说大家各种互相拥抱。久违的亲密,恨不得把每一个来

自华山的亲人都高高地托起。其实哪有什么岁月静好，不过是有人在替我们负重前行，英雄能平安归来，就是最美的春天了。大家都平安归来了，一切才有意义。

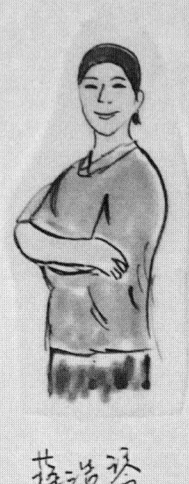

蒋浩琴

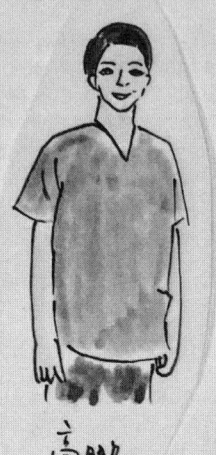

高鹏

徐瑶

孙峰

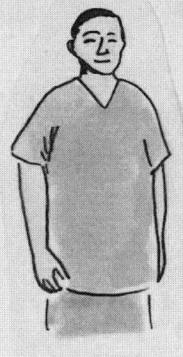

鲍贤龙

陆志仁

韩杨

黄静

刘茗茜

潘洁琼

朱禛菁

曹晶磊

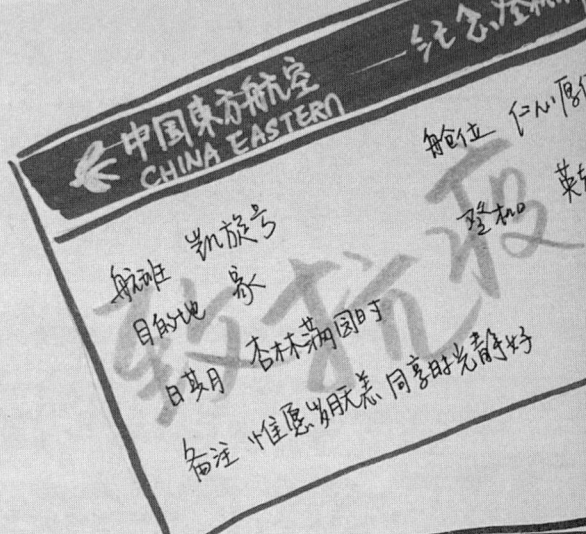

中国东方航空 CHINA EASTERN

舱位 仁心厚爱

航班 凯旋号

登机 英雄

目的地 家

日期月 杏林满园时

备注 惟愿岁月无恙 同享时光静好

致敬

MARCH
18
WEDNESDAY

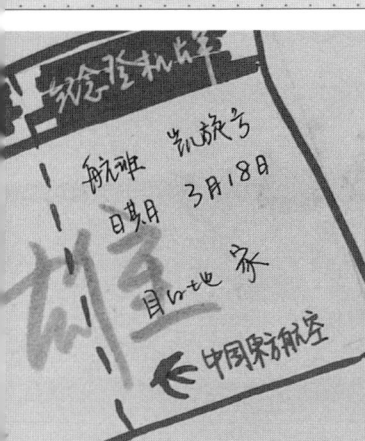

今天下午,
第一批回沪的华山队员
兵分两路 开车及飞机抵达上海.
看到他们晒出的专列机票.
觉得机组人员心思很温暖.
这是值得珍藏一生的机票.

欢迎英雄凯旋. 看到他们登机的那一刻.
又觉得眼眶湿湿的, 看天真的哭了

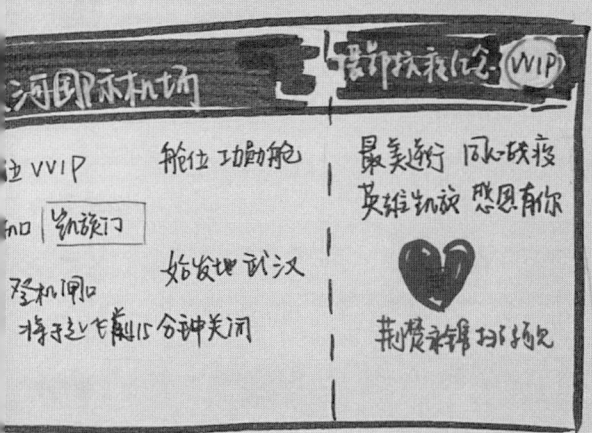

Part 7

后疫情时代

仍然奋战的同仁们

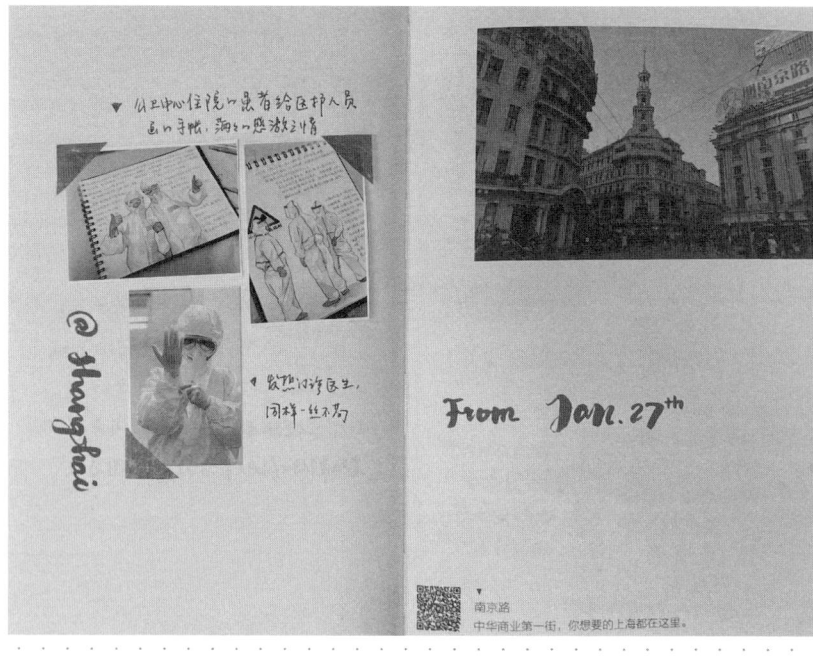

From Jan. 27th

虽然援鄂的英雄们已经归来，他们中的很多人已经重返了工作岗位，开始了日常的工作，与我们一起投入到了复工复产的忙碌之中，然而这场疫情在全世界的范围内仍然没有终结。

输入性的压力依然很大，医院为此还要做非常多的工作。上海作为中国的口岸城市，每天都有许多来自国外的留学生及国际友人到来，输入性的病例仍然时有发生。武汉这座英雄城市的清零与重启是一个值得兴奋的消息，然而到目前为止，我们仍然不能放松警惕，在我们上海的公共卫生中心，仍然有一些病例，正在被积极地治疗着，而来自华山的医生，也正在前赴后继，一批一批地支援上海的定点医院——公共卫生中心。

从冬天以来，医院中的很多专家都曾经到公卫中心进行支援，他们和援鄂的英雄们一样，都是非常辛苦冲在第一线的战士，大家熟悉的张爸，每周都会去那里会诊，提供专业的建议，而有一些援鄂归来的呼吸和重症科的专家们，有可能很

快就要再赴公卫救死扶伤。

这场没有硝烟的战争仍然在继续,引用陈澍教授说的一句话:"希望罹患者得痊愈,希望恐惧者得无畏,希望往生者得生净土。"我们钦佩英雄,也希望这场疫情能够早日真正地结束。

疫情给
　　我们的生活
　　　　带来了什么

这是一段有点漫长的日子，对于很多孩子来说，他们度过了有史以来最漫长的一个寒假，一场疫情，把老师们都变成了主播，春天都要过完了，假期才刚刚看到尽头，网课依然绵延无期。对于很多恋人来说，这是最漫长的一段分别，曾经的如胶似漆，而今生生成为网恋。在这场漫长的"战疫"中，我们的工作生活也在悄然发生改变。

视频会议成了生活的日常，我和同事的手机和电脑里面装了数个视频APP——腾讯会议、ZOOM、瞩目、WELINK……各大公司八仙过海，各种功能琳琅满目，从1月开始，大家学会了各种黑科技，也添了很多新装备，比如导播台、摄像头、转录设备。从一开始的手忙脚乱，20人的会议都满头大汗，到后来的驾轻就熟，可以同时管理两个600人的会议。人的习惯是一种巨大而难以察觉的力量。有的时候，人只有到了被逼到绝境、没有选择的时候，才会愿意去接受新鲜的事物，去尝试更多的可能。中国人是极喜欢开会

的，传统的面对面大会场，人群聚集型的会议，就像热闹的集会，台上开大会，台下开小会，会场欢声笑语，除了信息的传达，也有社交的属性。这次疫情期间，大家渐渐接受了视频会议这样的形式，突破了会场的局限，也提高了交流的频次，也许这便是疫情带给我们的新的工作生活方式吧。见屏如面，越来越多人接受了新的科技，也习惯了这种新的生活方式。

对于医院而言，另一个非常大的改变，大概就是互联网医院的崛起。虽然之前也有好大夫这样的平台，但是真正以医院官方为载体的互联网在线问诊、在线配药、送药到家，还是头一遭。在疫情期间一些小毛小病大家都倾向于自己解决，医疗的科普，变得前所未有得重要。失去了专业力量的引导，就出现了诸如双黄连一夜断货的诡异场景。以前经常听医生们说，他们最害怕的患者就是自己查百度的那种，因为似是而非，自以为了解病情，其实更多的是误区，通过专业的科

普和在线问诊,大抵可以部分解决这样的痛点。虽然这一切才刚刚开始,但通过这样一次巨大的灾难,除了悲伤和遗憾,也带给了我们一些新的改变,留下的,存在即合理。

身处和平盛世，

是因为有人替我们负重前行

无论战场上否有硝火烟

附录

张爸语录

张爸语录

"我希望大家叫我文宏,不要叫我网红。"

在公众号看到这幅漫画,
觉得很传神,我也临摹了来,
让张爸"跃然纸上"

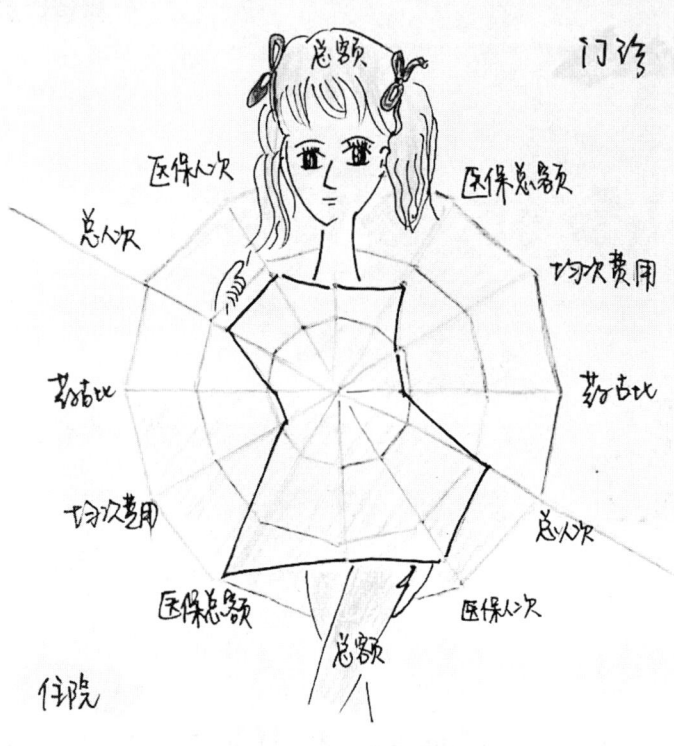

2012年刚进医院的时候、

有幸听了一次张爸对于科室总结的演讲.

彼时还不知道他就是鼎鼎大名鼎鼎的张爸

但这张讲科室绩效的PPT却给我留下了

极深的印象.

一个科室好的建议，就像是一位妙龄少女，

凹凸有致. 一个好的比喻. 可以让专业

变得瞬间接地气

JANUARY
29
正月初五
WEDNESDAY
2020/01/29

今晚，张爸忽然成为了"网红"，很多亲朋都发来微信转发他的视频，和我们医院的小伙伴一样叫起了"张爸"，在这个特殊的假期里，这位华山的感控主任成为了这城市的定海神针。

进华山不知不觉已经八九个年头，习惯了张主任在小会议上幽默的演讲，突发奇想借此契机，摘记下这位大咖网红的语录作为这段全民抗疫时光的纪念。

1. 不能欺负听话的人。
   —— 1.29 澎湃新闻

2. 一线岗位全部换上党员。
   没有讨价还价。
   —— 1.29 澎湃新闻

张爸说：

"通过这段时间，还是希望传染病的知识，正确的知识，能像病毒一样传播，最终打败病毒。"

——2020年4月11日做客《人民日报》直播间

"每代人都有每代人的焦虑。其实路一直都在那里，到了某一个时间节点，好像没有路了，路就突然出现了。但是，有一个前提条件，就是你一直要努力。"

——2020年5月3日东方网采访

"岁月这么静好，就一定有人在负重前行。谁在负重前行？就是我这样的人。"

——2018年6月28日"CC讲坛"第25期
《人类如何抵抗传染病入侵》

> 现在开始，每一位都是战士，这点很重要。我们只要闷两个星期，就把病毒闷死了。

你现在在家里，在干什么？你在家不是闷屌高，你是战斗啊！你觉得影响闷，病毒也被你闷死了吧

—— 2.6 晨报来访

互联网时代是一个叙述失真的时代，可以迅速产生网红，也可以夸大任何一个现象。

—— 2.3 "华山感染"公众号
《不宜过度解读新型病毒的类口传播，谨慎应对即可》

一定要特别留心那些与你自己想法高度一致的表述；一定要特别警惕任何简单粗暴口表述；一定要学会正确地评估证据和推理模式。

"当新冠大幕落下,我自然会非常 silently 走开。你再到华山医院来,你也很难找到我了。我就躲在角落里看书了。"

——2020年2月26日 *China Daily* 采访

"互联网时代是一个表述失真的时代,可以迅速产生网红,也可以夸大任何一个现象。"

——2020年2月3日"华山感染"公众号

5

碰面的时候戴一个口罩 ，回家第一件事
是洗手 ，把衣服挂在外面，
把睡前洗澡改成进门洗个热水澡，
这些都做好，你得病的概率跟飞机空难差不多。

—— 1.30 共同战疫 央视直播

6

但是在我看到的病人当中，大多数感染给
自己家人的比例是很低的，不高于10%，里面大部分
只感染给自己的妈却没有感染给自己的老公，
所以在那一刻，我对爱情产生了怀疑 :D

—— 1.18 人民恳谈

7

语言少了，思想就出来了。

—— 2.14 复旦新冠肺炎
防控第一课"硬核教授

我们的工作可以开始了,
　　生活可以慢之回归正常,
　　　但还没有到为所欲为叫所致.

防火防盗防同事

上记方亲不是写在纸上.
　是写在每个抽人身上
　　　　　—— 2.22 话匣子采访

当新冠大幕落下,我自然会非常 silently
走开.你再到华山医P三楼,你也很难找我到我了.
我就躲在角落里看书了.
　　　　　—— 2.28 采访

▲ 此言非虚. 张色平号在这陀很为低调. 那句"躲在角
落"可以说很传神了.

11

上海叫防疫是shut down，武汉才是lock down
—— 3.27 答路透社问

12

通过这段时间，还是希望们将病毒的正确的知识，能像病毒一样传播，最终打败病毒。
—— 4.11 做客央视报道

13

到了景区以后，如果看到人很多，就没有必要再往里面挤了，就在附近逛逛，山山水水看之都差不多的。
—— 4.29 接受彩《看e新话》

14

听张爸的话，这次五一只看了街心花园

分餐制不是倡导不倡导问题，是你一定要做的事情。你今天不分餐，就是裸奔，很危险。
—— 4.29 健康管次新书

5 没有金句是事先想过的，但我们做的每一件事情都是顶顶良过的。

每代人有每代人的征程，路其实一直在那，只不过有时选择而已，只要肯努力，到了时间路自然会出现了。
　　　　　　　　　　　　——5.3夜访网友语

我爸时"90后"的青春说，无畏，担当，有创造力。这，很棒的鼓励，在十字路口时期，青年力量的确有了弄为。而未来的路，依然还长。想起迅哥那句，"愿中国青年都摆脱冷气，只是向上走…能做事的做事，能发声的发声。

有一分热，发一分光。

附录

抗疫书单：
那些关于疾病、灾难、人性的书

那些关于疾病、灾难、人性的书

未知带来更多的恐惧……

鼠疫
La Peste

Book 135

Title: 鼠疫
Author: [法]阿尔贝·加缪 李玉民 译
Type: 小说
Publisher: 博集天卷丨湖南文艺出版
Evaluation: ● ● ● ● ◐   Date: 11.14

读完朋友圈打开此书很应景

- 个人命运已不复存在，唯有一段集体的历史，即鼠疫和所有人的共同感受。感受最深的要还是滞闷分离和放逐感，以及其中包含的恐惧和反抗。

※《鼠疫》看似没有《局外人》的"drama"，却同样很有平淡中震撼的力量。

- 要了解一座城市，简便的办法就是探索居民如何劳动、如何爱，以及如何死亡。

- 他知道这种感觉颇为荒谬，但就是无法相信，在一座这普通的都市可怖迅速的鼠疫的城市，居然不可阻挡的蔓延开来。

- 会议的第二天，高烧病例又骤增，喜主见报了，但只是轻描淡写，暗暗点水似的报道一下。到第三天，里厄总算见到了省政府的布告，白纸小布告，匆匆张贴在城里最不显眼的角落，从内容上很难看出当局正式这种形势。采取的措施也不严厉，似乎持别迁就人那种不愿惊动——不要引起舆论的恐慌。

※ 不知为何，昨天刷屏的10W+今天显示被删除了。

《鼠疫》
[法]阿尔贝·加缪

- 电影院当然不会放过这一全民放假的好时机，生意十分红火。只可惜，新片在全省停止周转，两星期之后，各家电影院只好反复放映旧的放映。再过一段时间，电影院最终就反复放映同一部影片了。可是门票收入并未减少。

- 加缪更厉害的，这一段看似平淡而不经意，但却把非常状态下时光的流逝感，甚至流露出了无奈感。

- 他们害怕归害怕，但是并不是绝望：时候还没有到，他们不去把鼠疫视为他们的生活方式，还没有忘记鼠疫之前他们所过过的日子。

- 但鼠疫和其他疾病的可怕之处在于，随着时光的消磨，我们看这样的非常态，成为生活本身，消磨的是所有的希望。"他们不等鼠疫的消失而这种决心越来越薄弱，越有无力。我们中间再也没有人豪情壮志了。"

- 也许正因为如此，在这样的情状下，存有英雄主义的场合才格外可贵。

- 这个拾荒义举，最终会问境地大力颂扬菲恩。

- 因而在塔鲁与救护战斗计划的最后一刻时，会有一种拾命一击感。在鼠疫似散后，斗士却"出局"，刚松一口气的氛围瞬时间又笼罩到极致。不能为凯念而死的里厄，在面对朋友的离去之后，反省会怀疑坚持的意义。"人要为自己所爱而活着，而死去。"而在一直做好人的过程中，里厄却失去了背爱的妻子与并作战的朋友，立志做这普通人的里厄却成就了最悲壮的英雄感。

- 说到底，鼠疫究竟是什么呢？鼠疫就是生活，不过如此。

老鼠竟是福，
在疫情中
同年被
无情消灭
这也是荒谬吗
我面对一

血疫
埃博拉的故事

Book

Title: 血疫
Author: [美] 理查德·普雷斯顿 姚向辉 译
Type: 秘典
Publisher: 上海译文出版社

毛骨悚然……

- 来自热带雨林的危险病毒，可在二十四小时内乘飞机抵达地球任何城市。航空线路连接了全世界几乎所有城市，构成网络。

- 马尔堡病毒来自非洲，却有个德国名字。病毒根据第一次发现地命名。

- 马尔堡是丝状病毒三姐妹中最温和的一位，其中最可怕的是扎伊尔埃博拉病毒，致死率达到十中取九，一百名感染者中有九十人逃一死。扎伊尔埃博拉病毒夺去人命如黑板擦。

- 有些科研学者称病毒列为"生命体"，因为严格意义上讲，病毒不能"活着"。病毒非生非死，它的活着很难定义：病毒存在于生命与非生命之上。若是处于细胞外，病毒仅是存在而已，什么也不会发生。它自然而然，甚至能结成晶体。血液或体内的病毒粒子也许看起来死气沉沉，但只是在平静地会有变化。一旦病毒进入细胞，就变成了特洛伊木马，它活跃起来，开始复制。

《血疫：埃博拉的故事》
[美] 理查德·普雷斯顿

- 越是珍稀稀有的病毒，就越难觉得它们不像奇迹性行，而是越来越像猎食者。猎食者的特性之一，就是会无声无息地潜行，有时候会埋伏很长时间，然后突然暴起袭击。

※ "血疫"所代表的埃博拉，曾在丛林中潜行，却忽然醒来，成为了冷血无情的杀手。

・防护服内部就像套头衫，里面是普通世界，你穿着它一起走进高危区域。假如防护服出现缺口，普通世界就会消失，与高危区域合而为一，你将暴露在病原体之前。

・通往埃尔贡山的这条金沙青公路的一部分，这条公路到名叫泛非公路的它将非洲一分为二，艾滋病病毒从非洲雨林内某处向全世界扩散时就是沿着这条公路传播的。

・从一定意义上说，地球正在启动对人类的免疫反应。它开始对人类这种寄生虫做出反应，人类泛滥对地球感染，泛滥到环流布遍布全球。人类若干路无限扩张和蔓延，很可能会给地球带来大灾难。
大能地有自我平衡的手段，雨林有自己的防护手段。地球对具有的敏感的人类的活动，开始发挥作用。大自然在试图排除人类这种寄生虫的感染。

※ 人类的自己的高级文明成为了病毒本身，
 与人类亚洲病毒然并不同，自然的免疫力是慢慢增大，
 不会死亡，只会让病毒越来越多。

来自热带雨林的危险病毒，可在二十四小时内乘飞机抵达地球上的任何城市。航空线路连接了全世界的所有城市，构成网络。

病毒星球
A PLANET OF VIRUSES

Book 20-68 Title: 病毒星球
Author: [美]卡尔·齐默 刘旸译
Type: 科普
Publisher: 广西师范大学出版社
Evaluation: ●●●●○ Date: 1.

疾病从哪里来？

☆ 与《世纪的交汇》书完全不同的简约风格，意在把各种住来流感以源起与发展，包括感冒、HPV、HIV、西尼罗河病毒、埃博拉、SARS、MERS……作为科普很不错。

● 异同在物种订问口穿梭，对地球上所有生命口演化都有飞深远的[...]
● 虽然这类病毒DNA中口大多数都没用，但我们的社会也可口留下一些对我们自身有好处口病毒。如果没有这些病毒，我们基础[...]
☆ 齐默仅用半章节讲了AIDS的起源与发展，有"can生涯"口[...]感觉介绍言简意赅。同时寄生疾病的SIV则与城市化历史来[...]

疾病的命名很有意思，与自然界有互动
除，西尼罗河病毒，埃博拉河流来也是河流的名字

《病毒星球》
[美]卡尔·齐默

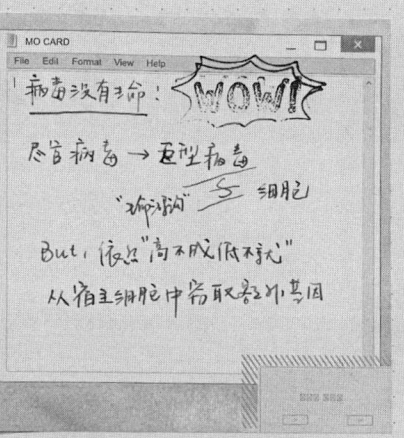

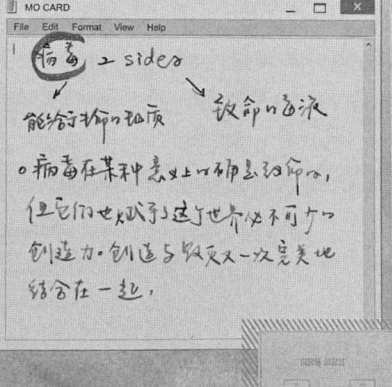

"在这些新发现的病毒里，我们不知道哪些会造成瘟疫，甚至有可能这些新病毒都不会对人类社会造成威胁。但这并不意味着我们可以无视它们的存在。相反，我们恰恰需要保持警惕，这样才能在它们有机会进入我们越界物种之前就采取措施，阻止它们的脚步。"

这一论点，在现在读来，忍不住有了一丝感触。

"然而下次再有某种病毒从野生动物身上转移到人类身体内，很可能还会引发大规模疫情，而我们完全可能对致病病毒一无所知。"

然而下次再有某种疾病从野生动物身上转移到人类身体内，很可能还会引发大规模疫情，而我们完全可能对致病病毒一无所知。

病毒VS人类

① 长久以来,微生物在人类的历史中扮演着自己独特的角色。病毒以瘟疫的姿态出现,横扫无数个城市、影响几千年王朝;偶尔低调潜伏在历史的间隙中,在王朝衰变、文明灭绝的大事件里无不可"举而罪手"。

② 病毒由两种基本成分组成:基因物质RNA或DNA,以及保护基因的蛋白质外壳。病毒自身缺乏生长繁衍的机制,所以依靠宿主繁衍生存。1病毒在任何地方都能生存繁殖着"灭绝断配手"的角色——地球上如果没有一种细菌的功能够抵抗其霸,因而诞生了种种新种…

③ 每个瘟疫流行的必经阶段是每一个新的受害者来补偿死了的受害者。这些旧的受害者或者死去,或者身体恢复健康并成获得相应抗体而清除。这是病毒再生数(原则,即R0。如果R0<1,走向消亡的趋势将会逐渐消退.

↘ 科普3. 最近报道显示新冠R0→3.8, 很…

《病毒来袭》
[美]内森·沃尔夫

- 真正的致命性疾病，必须在受害者感染后引发死亡的可能性和让受害者对疾病传染，给其他人们传播成功之间取得平衡。

MARK: 奥卡姆剃刀定律（Occam's Razor），简单有效的原理
　　　　　　　　　　　　　　　　　for importance
via 多名济各会修士奥卡姆的威廉：
　"如无必要，勿增实体"/一切如浪费较多东西去做，用较少的东西，
　　　　　　　　　　　同样可以做好的事情"

- 人口规模的扩大，人类群落的定居和密度数量的增长形成了特有的混合因素，在人类和微生物关系不稳定中扮演了核心角色。/
  寒畜如同一座连接新生物的桥梁，使新型疾病将从野生动物那里→人类

- 紧密相联系的人口规模大得足以使病毒久地寄下去。
  发达的交通使地球变成了一个小村落，人类旅行快捷方便，病毒的流动同样迅速。
                        所谓   →人们
→流行病定义 pandemic via （希腊）pan + demo
  （衣书）所有大陆上都有了衣皮感染到的一种新悬染病。（南极无外）
  以数字 1-6记个

- 航空旅行的即时性，意味着连潜伏期很长的微生物也能穿越
  扩散。相反，如果搭上潜伏期很短的感染者那么其人上一般
  轮船，那么除非船上有数百人让他都可以传染，否则在轮船靠
  岸前病毒就会消亡。
  → 起之了日本游轮的感染，也许不适用于新冠，心潜伏期较长（14天）
  即使是较长的航行，依然难以消亡

预防传染病方法：   关注 News Notice
1. 接种最新的疫苗   1. 微生物现在如何传播？
2. 卫生的地球和地球的去毒   2. 它们如何传播才有效？
3. 多去喷嚏后应多洗手   3. 病死率多少？
4. 尽量和手推车和衣袖
5. 便宜的住处 次饮卫生   病死率H < 病死率L   DANGER!
6. 做为保护的行为的网际   传播性L   传播性H

祛疾病，一切皆是隐喻

① 译者翻译此书时正逢途SARS肆虐北京。而本节为译者观察这一对待疾病的社会层面，提供了一个有启发性的视角。

② 译者在卷首语中引用了桑塔格论文的结尾。较为精辟：不同人，将怀着不同的心情阅读此书。有人制造了疾病的隐喻；有些人却传播；也有人成为了砌头和居心叵测者。读书以上找在处方。关于此新兴的隐喻是什么呢？

　① "瘟疫一律来自他处"。对于欲流外的民众，都特别识识洪水猛兽。而同外别地中国作为他者。借病危之机。新显异化，欢腾他渗扔

　② "记录人们对未来最为善通的隐喻"。"加使一个事件呈得倒确定。就试这一是复误论记。这样，反复误论记。这就是在极到任何具建议之前，先承擂风险意识以及采到之必要性。

《疾病的隐喻》
[美]苏珊·桑塔格

正文P5 疾病虽是生命的阴面，一重更麻烦的公民身份。每个降临世间的人都拥有双重公民身份。其一属于健康王国，另一则属于疾病王国。尽管我们都只乐于使用健康王国的护照，但或迟或早，至少会有那么一段时间，我们每个人都被迫承认我们也是另一王国的公民。

各种疾病的隐喻

　　［结核］灵魂病　浪漫派道德色彩、"性感"、罗曼蒂克　暧昧

　　［癌症］身体病，禁忌冒犯、自我审判

　　［梅毒］天罚　道德+心理评判、羞耻&粗俗

　　［艾滋病］放纵、无情、必定致命

　　［瘟疫］有失人格、恐怖与死亡、无情的杀戮者

━━━━━━━━━━━━━━━━━━━━━━━━━━━━━━━

《魔山》MARK：疾病的症状不重要的，而是病的意味的真相的显现。
　　　　　　　所以疾病都只不过是真相的爱。

没有什么比赋予疾病以某种意义更具惩罚性的了——那感受心会是一种不可避免的道德方面的意义。任何一种病因不明、医疗无效的重疾，都充斥着意义。首先，内心最深处所恐惧的各种东西（腐败、腐化、污染、反常、虚弱）全都与疾病画上了等号。疾病本身变成了隐喻。其次，藉疾病之名，这种恐惧被移置到其他事物上。

⊕ 在我们这个经济发展衙导致破坏性的过度消费的消费社会中被宣化了的体的控制的时代，既存在着一种对太多使富的恐惧，又存在有一种对能量无法补被发泄出来的忧虑。

⊕ 我们的习以及其事所的看法，依赖于这种胜部与身体外分泌，像对胜部就既是于身体所受的道道。像心脏病和流感这种疾病不言志不有上个之度，它们都不会变成祖曲的胜明，也记忆及果然不起最泽外如恐快。

213

［肺结核］灵魂病，浪漫派道德色彩、"性感"
［癌　症］身体病，禁忌冒犯、自我审判
［梅　毒］天罚，道德+心理评判、羞耻&粗俗
［艾滋病］放纵，无情、必定致命
［瘟　疫］有失人格，恐怖与死亡、无情的杀戮者

枪炮、病菌与钢铁

枪炮、病菌与钢铁

Book	Title: 枪炮、病菌与钢铁
	Author: [美]贾雷德·谢延光译
Type: 历史	Publisher: 上海世纪出版集团
vation: ●●●●○	Date: 2

● 概括：
不同民族的历史遵循不同的道路前进，其原因是民族环境的差异，而不是民族身在生物学上的差异。

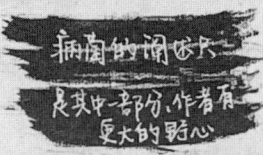

病菌的潮浪只是其中一部分，作者有更大的野心

● 具有相当免疫力的入侵的欧洲人把疾病传染给没有免疫力的民族，麻疹、流行性感冒、斑疹伤寒、腺鼠疫，以及其他一些在欧洲流行的疾病，毁灭了其他大陆的许多民族，从而在欧洲人的征服中起了一种决定性的作用。

宏 这种力是相互的，欧洲 →→ 新大陆 / 热带地区 病菌更烈 欧洲
          病菌 K.O.   阳寒

● 还有战争中的胜利者并不总是那些拥有最优秀、最精良武器的军队，而常常是那些拥有可以传染给敌人最可怕的病菌的军队。1492 年后征服美洲，便是非洲病菌杀伤力max

● 我们和我们的病原体在一场生死竞赛的淘汰赛中脱颖而出，一部分是由失败者付代价，而且然，这样也最终的意义的裁判。
Now, 这场竞赛的形式？ 规则？ 游击玩玩？

现代往股争段：
　　文字、武器、拓菌、集中统一的行政组织等等。

● 技术的发展是长期积累的，而不是靠玩家以英雄个为；技术是发明出来后大部分约得到了使用，而不是发明出来去满足某种预见到的需要。

创新实际来自何方？除了少数的几个完全与世隔绝的社会外，对所有社会来说，许多或大多数技术都不是靠发明的，那是从其他社会借来的
当地发明 / 借用技术 ┌① 发明某项技术的各各程度
　　　　　　　　　　 └② 与社会与其他社会的接近程度

※ 作者在3-5章节里讨论中国曾经的辉煌与没有保持优势的原因，"中国"故事大抵有以下：
　① 南北纬度跨度作物传播，但无阻碍 / 地缘隔开 → NOT持导
　② 中国由西向东有大河（黄河、长江），促进南北交流
　　　→ "一统江河" → 政治统一 → 推动动物"别化"
　③ 太祖一江有章要求，创新却没。没有一颗钉过世界之类。
　感觉作者只是从地理以用意来分析民族的发展，也服从历史，但所浅到的。

● 各大陆以环境有无数的不同特点，正是这些不同的特点影响了人类社会的发展速度，4组最主要原因。

各大陆在可以用作训化的起始物种与可训化植物品种方面的差异。

影响传播与迁移速度的因素，各大陆差异巨大（山、河、纬度、沙漠…）

影响大陆之间传播的因素，有助于接受一个地方的动植物和技术。

各大陆之间在面积和人口各不相同的差异。更大的大陆 → 更多潜在发明者，各种竞争

"高低分发时期"此评价偏颇，但有些观点还是蛮好的。
※ 枪暗率（当时还战争）：拥有枪械、拓菌和钢铁，拥有许多好技术并具优势的人类群体，可以把其他差异性替代着打败。

　不同民族的历史遵循不同的道路前进，其原因是民族环境的差异，而不是民族自身在生物学上的差异。

《瘟疫与人》
[美]威廉·麦克尼尔

对于整个社会来说，失去二十岁到四十岁这类青壮年，显然要比失去同样多的老人或孩子损失更大。任何一个社会，若在一次瘟疫中就损失相当多的青壮年，都会感觉无论在物质上还是精神上都将难以维系……即使是幸存者，也往往无力抵制而只能彻底融入文明的政治实体中。

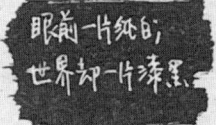

《失明症漫记》
[葡]若泽·萨拉马戈

在一场瘟疫中，不会有肇事者，我们都是受害者。

在这个特殊的
世界是应急
期望值过⋯

在那个时代，人与人传情的
主要媒介之一是书信，能写
一封动人的书信，也许便
能拥有一份动人的爱情。

然而，总也有爱而不得，
比如阿里萨，他放荡地
度过了一生，并认为自己
由此保持了童贞。

尽管书口与书尾让我想到
那艘"钻石公主号"，但这本
公认的经典打动我的更多
是片断而非这整段爱情。

《霍乱时期的爱情》
[哥伦比亚] 加西亚·马尔克斯

听说不仅没有爱情能够幸福，而且与爱情背道而驰也能幸福。

一种未知的疾病如何进入我们与世界

- 用医学术语来说，任何不寻常的疾病爆发都是流行病。
- 疾病往往不会对社会群体构成特殊的挑战，这种病并不会其于人对社会身份界定及主性欲行为方式上的差异来选择病人。
- 他爱上了癌症病人，爱的那种绝词每一切肤浅彻底心理灭。在其他方面有着太多的词不达意。人们总在说些言不由衷的话，哪怕不得事。癌症病人不会这样，他们的话里没有无关紧要的东西。

☆ 虽然我必经承认希尔茨非常不客气，洋洋洒洒700多页，和我这种球口群体，人知身列读者都会望而却步，把虚构的疾病从发现到怎么到命名，足够得心史料。但作为读者，读得心不等苦，到了后期人物关系已经烂炸。

《世纪的哭泣：艾滋病的故事》
[美] 兰迪·希尔茨

- ANYWAY, 在这段特殊时期看这本书，会有不同的感悟。
- 一旦找对了，他们就能战胜病魔，这场病终究只是一段噩梦，会慢慢从他们的认识中消失。然而两周后，她会接到电话，说病人已经去世。
- 这段话告诉我们，与其害怕疾病与瘟疫，人们更害怕的是真实更多未知，以及传播的焦虑。
- 麦里夫每次听说诸如"几何级数"和"指数增长"之类的技术术语，这些词成了他未来几年的噩梦。
- 她在黑板上把数字列成表格，在门前大开窗户，有没有开始讲述他们今天看到的人类苦难，也无法呈现他们未来势必会见证的惨剧。
- 疾病期间一直冲击着她们两种复杂的情感，比如再次涌上德里克心头的：她会为出现新关联，打开新思路而兴奋不已，同时又会感到一种发自肺腑的绝望。是的，这是科学的进步，令人兴奋；但每一个发现只会揭示更多的坏消息，预示出前方有更大的灾难。
- 人类的奥秘使得这些不断增长的医学奥秘里更加复杂。
- 把我们团结在一起的，可能一半是恐慌，一半是希望。
- 就像希区柯克不喜欢利用加害者心里恐惧的中的场景，我们所以在叙述或回顾现在这场新冠战疫时也引用这本心世纪的笑注力。
- 人类对于疾病的隐喻，大多相似。
- 最终，有人提议了这个名字：获得性免疫缺陷综合症 (Acquired Immune Deficiency Syndrome) → AIDS (艾滋病). 而且在特制上走中立的。"获得性"这个词将免疫缺陷综合症和先天性缺陷或者化学诸多免疫疾病分离开来，表明这种病不是从某处传染的——尽管没有人知道这是哪里。

他爱上了癌症病人，爱那种能洞察一切肤浅废话的坦诚。在生活的其他方面有着太多的词不达意。人们总是说些言不由衷的话，听些不明不白的事。癌症病人不会这样，他们的话里没有无关紧要的东西。

大流感

Notes:

↓ 1918-1919年,最新权威数字 → 全球死亡5000万,极为惨烈的一场全球瘟疫。

※ 读《大流感》的原因,是因为张爸的推荐。

花了近十天读完此书,颇为感慨,一是因为新冠开始全球蔓延,二是因为本书的第一译者钟扬教授,转眼已离开我们好几年,而这个世界,却依然有那么多悲剧与意外,一遍遍重演。

1918年的这场全球蔓延的大流感,被称为"西班牙大流感",然而这场流感真正的根源地却在美国,只是因为西班牙未卷入一战,还有闲心报道此次瘟疫,加之《泰晤士报》(俄)将此次流感称为"Spanish Lady",这一误解已然成定局。

如译者在卷首语所言,这并不是一本轻松的书,而是一部沉重的史诗,这本书写了7年,翻译了3年,甚至对于读者而言亦极为辛苦。

《大流感:历史上最致命瘟疫的史诗》
[美] 约翰·M·巴里

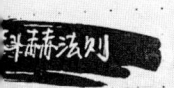

① 每一病例都应找到病因微生物
② 分离出这种微生物纯种
③ 用这种微生物接种某易感动物，使其患病
④ 从实验动物身上分离出这种微生物

① 了解一种疾病的流行病学（传播模式、特点、功能好坏）
② 通过大规模公共卫生措施完成预防
③ NOT 起死回生魔法 BUT 抗敌生命

- 感染就像一种暴行。它是一种入侵，一场浩劫，而身体对此也反应激烈。身体的卫者就是它的免疫系统。
- 医学词典将肝炎定义为"肝实质的炎症"，这定义没有提到感染的问题，但实际上肝炎几乎是所有肝炎的病因。

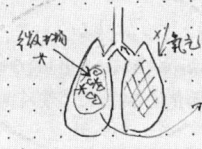

→ 柔软、多孔、弹性
⇒ 紧密、坚硬
抗感染机制
START
⇒ NOT ENOUGH 氧气 / → DIE
病原体进入血液

- 惨裂的流行病状态在全世界全社会蔓延
  有个细节听来很深，人们开始偷偷挖坟，很快偷光可偷。家长拿金遥小小的盒子，放进孩子的尸体。
- 人们被困在这病乱中，满目皆是死亡，知识自无一用。
  只有医生并非束手无策，精准的医术，合适的药剂，恰当的辅助，充足的时间，人们最大的任务就是寻找医生、护士和资助，三者缺一不可。
- 这场瘟疫本身就已够可怕，而新闻界令事态更糟。正反两末流感知之甚少全人们心生恐惧。官方和报刊所说的与人们看到的，媒体刻的预测以及承诺，成为牛不相及，人们无法相信他们读到的东西，不确定伴随着不信任，接着而来的是害怕。这样下去，恐慌就蔓延而至。→ 没有人知道会发生什么，大家不知道已经知道什么

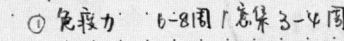

① 免疫力 6-8周 / 高峰 3-4周
② 病毒内部 突变、回归本位、致命性 ↓

感染就像一种暴行。它是一种入侵，一场洗劫，而身体对此也是反应激烈。身体的防卫者就是它的免疫系统。

Notes:

- 护理是一份每天都需要你付出灵魂的职业，然而，能用来关怀那些心处于最脆弱状态心最有心精神能量却经常见穿无尽口。

- 在我周围有很多护士，我也有不少不错关系的护士朋友。但我并不了解她们的工作，华着身在病房时间很少。在《护士的故事》里，能够读到一些真实的、动人的、我思考的书话。从这本书里，也许可以对这份职业多几份了解与共情。

- 记一本反思日记，能让我保持健康。

- 精神健康护理成了没有拉环的手榴弹，这也许上以描绘同医选择神

- 有时候，即便身为新手护士也懂得，有些事情我们永远是不做任何

- 投入那么多情感是危险的，只有在反复吞咽悲愤心活活，人才会感到悲伤动心伤害。 ◦护士和医生就像患者一样，有时候没心流痕迹，只是活下来

《护士的故事》
[英] 克里斯蒂·沃森

- 就像母亲和孩子永远不会分离，护士和患者之间无论相隔多远，也永远会彼此联结。领养很像护理：有能力邀请陌生人 **护理的意义**
- 护理他人，意味着替他们去做正当而泛不他们所以做，但是现在却没有意志去做的事，直到他们再度有意志做这些来。
- 护士并不刻意寻找意义，但意义是她们日常工作的一部分。她们自然会用一种心灵的语言，……而且最好的护理也出自心灵，而非头脑。
- 护理是什么？有时候，护理是洗净双手，在手术前传递手术之具情况将至。有时候，护理是整理外科医生手术袍的后摆，在医生加满适给他尖。But sometimes，护理是察觉失落、悲伤。
- 外科护士 → 风险高境高+较谨慎+一丝不苟+计划、评估+长做笔录
  内科病房 → 病去如抽丝！细心思考 → 全在细节

※ 书里还有一些故事非常精彩，有些在我们医院也有异曲同工之妙主

① 手术进程中医生手术服裤子↓ 穿着巴特专著森同亲切内裤.
② 手术室口双声宴话与毫声
- 大手术里挤满人，但你还是能够听到一根针坠落的声音。外科医生肌像底下放一台高立体录子，上面放着一台收音机，但总也很多静。手术顺利时，没人会注意到舍有缘的音乐。"把音声关小点"绝之意味着事情出了瑞子。
③ 瓶倒不不上有血迹。结果发现，是有库在问医生"谁尿意到？"滴上来，：）
△沃森讲述里有幽默。

④ 护士们会花很长时间和垂死的患者待在一起——这些既存在两个世界之间的陌生说言词——和那些已去世的患者待在一起……他们的服装更鲜艳在医记中更容易找下化作岗埃。和很多同事一样，我也经常和死者讲话. 不知为何，这可以让死亡的感觉有所减轻.

- 为了应付这种局面，我们经常并肩灭求。   **出口**
- 人人都知道，和医生害主人士共进晚餐意味着努力可怕的发言，还体验他们的病患和惨状。这足至出自他们等末发展起来的应对机制，奉之活需要这样的出口。

护士和医生就像患者一样，有时候没办法痊愈，只是活下来了而已。

后记

只缘身在此"山"中

2020年的春节,和过往有点不一样,对某些人而言,它足够漫长,长到难熬,而对另一些家庭而言,却是难以预料的转折点。在武汉的千里之外,另一座城市上海,同样在为这场新冠肺炎战役而努力。

我是张爸医院一位非医专业的90后基层小行政,从大年初三就回到了医院工作,虽然是在2.5线的岗位,也加了数不清的班,好几次都是跑着才赶上了末班地铁。身居幕后的我们尚且如此,对于奋战在一线的张爸与其他医护人员,还有我们医院两百多名奔赴武汉的战士,他们的辛苦更是可想而知。在这场与流行病的抗争中,我目睹聆听了诸多同仁的小故事,他们中的很多是我的朋友和师长,也有很多我的同龄人,甚至有不少初出茅庐的95后,平时我们也会叫他们小朋友。这些故事很多是细小的,但因为足够真实,常常让我感动落泪。

虽然无法和他们一起在充满危险的冲锋陷阵,

年份	事件	行动
1911	辛亥革命	派出医疗队赴武汉战地开设临时医院
1914	一战	派出医疗队赴青岛等地开设临时医院
1923	关东大地震	赴日救援
1924	军阀混战	组织救护总队人，救治伤兵
1932	一·二八事变	战时接纳医院，救治伤员
1950	血吸虫疫	组织医护参加沪郊、嘉兴医疗队
1951	抗美援朝	参加第一批上海志愿医疗手术队赴朝
1976	唐山大地震	赴河北救援
1988	沪甲肝流行	组织医疗队救治
1998	特大洪水	抗洪救灾
2003	非典	"非典"防治监测点、次选定点医院
2008	汶川大地震	赴四川救援
2013	雅安地震	赴四川救援
	莱特湾台风	赴菲救援
2014	鲁甸地震	赴云南救援
2015	尼泊尔地震	赴尼泊尔救援
	埃博拉疫	赴非抗击疫情
2016	盐城火灾	赴江苏救援
2017	杭州爆炸	赴浙江救援
2018	朝鲜车祸	赴朝救援
2019	盐化公司爆炸、盐城特大交通事故 无锡高架桥倾覆、昆山爆炸	公共事件救援

Humanity, Universal love and Devotion

华山史上的"红色救援基因"

1907 - 2020 部分救援大事记

从创院伊始，华山医院便派出了数支医疗队，哪里需要，便奔赴哪里以救场，"刻日组队，驰赴救援"，曾派出我国第一支涉外救援医疗队开展大规模国际人道救援；而华山与武汉的缘份早在上世纪初已然结下，兄弟之城，一方有难，八方支援，华山，必冲锋在前。

但作为见证者，我尝试用自己习惯的手帐方式，把这些生活的点滴记录下来，作为特殊岁月的纪念与对凡人英雄们的致敬。

在特殊的时期，我发现自己的眼窝变浅了，心也变得更加的柔软。几乎每一天，心都被牵动着，透过屏幕看到他们有时候就忍不住鼻子一酸。隔着厚厚的防护服，即使是平时非常熟悉的同事朋友也不能第一时间认出来，但看着瘦弱的妹妹推上几十斤的氧气瓶，手巧的妹妹苦中作乐制作"名牌"防护小包包，有一天她们吃上了来自家乡的大白兔奶糖，好几个姑娘都激动地为此发了朋友圈……对他们所承受的一切，虽有感同身受，大抵依然无法全盘理解其中的难。

在约翰·巴里的《大流感》一书中，有一段描写十分难忘："人们被困在这场危机中，满目皆是死亡，知识百无一用。只有医生并非束手无策，精湛的医术，合适的资源，恰当的帮助，充足的时间，人们最大的任务就是寻找医生、护士、资源，

三者缺一不可……"

在厚重的隔离服之下，是忙碌的日常与澄澈的仁心，在特殊的时期，更加熠熠生辉。

有些人冲锋陷阵，更多人驻守家园。在上海医院的各个角落，离我更近的地方，有更多人在默默付出努力，口罩遮住了他们的面容，日复一日，一直都在。做志愿者的时候，我发现保安叔叔和保安哥哥们异常的辛苦，为了院感防控，在特殊的时期，医院的管理变得格外的严格，他们必须不断的和患者解释，口干舌燥的维持秩序，默默地承受不理解。他们中的很多人也没有回家过年，每天起早贪黑，为医院付出了自己的力量。

这本手帐，我使用了一本很小众的上海主题的手帐本，打开它，就仿佛摸到了这座城市的温度。手帐的记录分为几个板块，每一板块基本以时间为序，希望能立体地呈现一座城、一个医院、一群人的一段生活。

图书在版编目（CIP）数据

白骑士：华山青春手账/潘懿敏著.-- 上海：上海文艺出版社，2022
ISBN 978-7-5321-7907-7
Ⅰ.①白… Ⅱ.①潘… Ⅲ.①故事－作品集－中国－当代
Ⅳ.①I247.81
中国版本图书馆CIP数据核字(2021)第032967号

发 行 人：毕　胜
策　　划：李伟长
责任编辑：解文佳
特约编辑：王丹姝
装帧设计：钱　祯

书　　名：白骑士：华山青春手账
作　　者：潘懿敏
出　　版：上海世纪出版集团　　上海文艺出版社
地　　址：上海市闵行区号景路159弄A座2楼　201101
发　　行：上海文艺出版社发行中心
　　　　　上海市闵行区号景路159弄A座2楼206室　201101　www.ewen.co
印　　刷：苏州市越洋印刷有限公司
开　　本：787×1092　1/32
印　　张：7.625
插　　页：20
字　　数：208,000
印　　次：2022年1月第1版　2022年1月第1次印刷
Ｉ Ｓ Ｂ Ｎ：978-7-5321-7907-7/I.6271
定　　价：58.00元
告 读 者：如发现本书有质量问题请与印刷厂质量科联系　T:0512-68180628